DIETMAR WISCHMEYER

Achtung Artgenosse

DIETMAR WISCHMEYER

Achtung Artgenosse

Auf der Suche nach menschlichem Leben

ullstein extra

MIX
Papier aus verantwortungsvollen Quellen
FSC® C083411

Ullstein extra ist ein Verlag der Ullstein Buchverlage GmbH
www.ullstein-extra.de

ISBN 978-3-86493-037-9

Fotos im Innenteil: Dietmar Wischmeyer

Gesetzt aus der Excelsior
Satz: Pinkuin Satz und Datentechnik, Berlin
Druck und Bindung: CPI books GmbH, Leck
Printed in Germany

EIN WARNHINWEIS VORWEG

Achtung, lieber Leser, ich weiß, du bist nicht so doof wie ein Facebook-User, aber um ganz auf Nummer sicher zu gehen, sage ich dir: Die Texte, die du hier liest, sind SATIRE, sie geben weder meine Meinung wieder noch die des Verlages, und schon gar nicht haben sie irgendwas mit der Wirklichkeit zu tun. Ich habe mir die darin geäußerte Meinung nur aus Langeweile und Geldgier aus dem Arsch gezogen, um anständige Menschen mit unheilbarer Ironie-Unempfindlichkeit vor den Koffer zu scheißen. Damit auch wirklich jeder merkt, dass es sich nicht um seriöse Beiträge handelt, habe ich zur Sicherheit soeben die Wörter »Arsch« und »scheißen« kunstvoll in den Text eingewoben. Trotzdem noch einmal der Hinweis: Achtung, Achtung, es folgen satirische Texte, die nicht der veröffentlichten Wahrheit entsprechen müssen. »Satirisch« ist im Übrigen das Adjektiv zu dem Subjekt »Satire« und sagt in etwa dasselbe, nur in einer anderen Funktion im grammatikalischen Aufbau des Satzes: »Adjektiv« heißt auf der Bretterpenne auch »Wie-Wort« und Subjekt ist ein »Hauptwort«. Was »grammatikalisch« heißt, müsste ich jetzt selber bei Fickimedia nachgucken. Hast du's gemerkt? Schon wieder eine satirische Überspitzung, in Wahrheit heißt die Internet-Enzyklopädie nämlich Wikipedia, hättest du's gewusst? Dort kann man auch den Begriff »Satire« nachschlagen: »Satire ist eine *Spottdichtung*, die Zustände oder Missstände in sprachlich überspitzter und verspottender Form thematisiert. Im heutigen Sprachgebrauch versteht man darunter aber meist einen künstlerisch gestalteten Prosatext, in dem Personen, Ereignisse oder Zustände verspottet oder angeprangert werden.« Ich finde, dass Facebook blöd und speziell die doofe Sau, die das erfunden hat, ein menschenverachtender Pissesäufer ist. Sooo, das musste mal raus und ist hoffentlich genug geprangert, allein es fehlt die künstlerische Gestaltung des Prosatextes, deshalb noch mal als Kunst: »Glutrot versank die Sonne am Horizont, als meine Gedanken um den Gründer des beliebten sozialen Netzwerks kreisten und dem Schluss nicht zu widerstehen vermochten, dass es sich bei ihm um einen zutiefst verachtenswerten Golden-Shower-Aktivisten handele. Sofort stieg mir die Schamesröte ins Gesicht ob meiner düsteren Gedanken.« So, haben wir jetzt alles zusammen: Prangern, Kunst und überspitzt. Fertig ist die Satire. Schön, dass Facebook jetzt auch auf alle seine Seiten den Achtung-Satire-Button klebt – ich dachte schon, den Mist gibt's wirklich.

DIE BIMSI-BOX

Kommunikation mit einem Außerirdischen

+ Mobile Solutions and More, Sie sprechen mit Gandalf Zalitta. Um unseren Kundenservice zu verbessern, wird jedes dritte Gespräch aufgezeichnet, wenn Sie damit nicht einverstanden sind, dann nennen Sie mir bitte die Hauptstadt von Transnistrien.

Öh, von was?

+ Vielen Dank für Ihr Einverständnis. Was kann ich für Sie tun?

Hallo, ich rufe an, um mich nach der bei Ihnen bestellten Bimsi-Box zu erkundigen, ich hatte ja schon im Vorfeld über Zahli-Prompt die Rechnung beglichen, und das ist jetzt drei Wochen her … äh … mindestens …

+ Würden Sie mir bitte Ihre Kundennummer, den Bestellcode und die letzten achtundzwanzig Ziffern der Identification-Number geben?

Der was?

+ Die Identification-Number finden Sie auf der hinteren Rückseite des Gerätes im unteren Drittel der Vorderansicht, ganz klein neben der KBNO.

Aber ich hab das Gerät doch noch gar nicht bekommen.

+ O.k.! Dann rufen Sie mich bitte wieder an, sobald das Gerät bei Ihnen eingetroffen ist. Vielen Dank, dass Sie mit Mobile Solutions and More zufrieden waren, mein Name war Gandalf Zalitta.

Halt, halt, deshalb rufe ich doch an, weil das Gerät noch nicht bei mir eingetroffen ist.

+ Können Sie dann bitte Ihre Kundennummer, den Bestellcode und die letzten achtundzwanzig Ziffern der Identification-Number über die Tastatur Ihres Telefons eingeben?

Ich habe hier nur erst mal meine Kundennummer rausgesucht, DW 0873 6489 PQ 5467 2926 331

+ Bitte ohne Leerstellen eingeben!

Was? Na gut. DW08736489PQ54672926331

+ Moment! … Aha! … Hier habe ich Sie: Frau Bernstorff!

Ich bin nicht Frau Bernstorff.

+ Doch, ich habe Sie hier auf meinem Rechner: Frau Gundula Bernstorff, wohnhaft Kleine Bumse 43 in 42640 Solingen. Ihre Bimsi-Box ist in der 26. KW durch unseren Logistic-Partner PLP abgeholt worden. Sie können Ihre Sendung verfolgen unter www. PLP Punkt com slash shipment minus tracking. Geben Sie dort bitte im unteren Identify-Feld die Identification-Number ein, die finden Sie oberhalb der KBNO …

Wie gesagt: Ich hab das Gerät noch nicht, deshalb rufe ich ja an.

+ Aber Sie sind Frau Gundula Bernstorff?

Nein, ich bin auch nicht Frau Bumsula Wermouth … oder wie die heißt.

+ Kein Problem, ich buchstabiere: Golf, Uniform, November, Delta, Uniform, Lima, Alpha, neues Wort, Bravo, Echo, Romeo, November, Sierra, Tango, Oscar, Romeo, Foxtrott, Foxtrott.

WAS?

+ Gundula Bernstorff, Ihr Name!

Ich bin das aber nicht.

+ Kein Problem. Sie können eine elektronische Vollmacht von Frau Bernstorff über unseren Verschlüsselungspartner zertifycon punkt com an uns schicken. Dafür müssen Sie sich nur dort registrieren und einmalig die Verschlüsselungs-Software zertfiy-XP 2374 herunterladen. Sie werden dann automatisch innerhalb der nächsten vierzehn Tage freigeschaltet. Das Ganze ist für Sie kostenfrei, und mein Name ist Gandalf Zalitta.

Und mein Name ist Gundula Bernstorff, und ich hab eine Bimsi-Box bei Ihnen bestellt.

+ Guten Tag, Frau Bernstorff, willkommen bei Mobile Solutions and More, mein Name ist Gandalf Zalitta.

Hallo, Gandalf, alte Socke, nenn mich Gundula!

+ Uns ist es nicht erlaubt …

Schon klar, ich möchte auch nur eine kleine Bestelländerung durchgeben: Die Lieferadresse ist jetzt Gundula Bernstorff c/o Dietmar Wischmeyer, Am Klärwerk 3 in 30163 Hannover. Ich storniere den Betrag bei Zahli-Prompt und möchte, dass alle Rechnungen an meine Heimatadresse Frau Gundula Bernstorff, Kleine Bumse 43 in 42640 Solingen gehen.

+ Alles notiert, Frau Bernstorff, einen schönen Tag noch, vielen Dank, dass Sie mit Mobile Solutions and More zufrieden waren, mein Name ist Gandalf Zalitta.

Meiner auch! Auf Wiederhören!

(Telefonklingeln)

Wer kann das denn noch sein, um diese Zeit. Hoffentlich ist nix passiert.

Hier Dietmar Wischmeyer bei der Arbeit.

+ Guten Abend, Frau Bernstorff …

Ach du Scheiße, Zalitta …

+ Hier ist Mobile Solutions and More, Ihre Service-Hotline, mein Name ist Gandalf Zalitta, was kann ich für Sie tun?

Wie? Was? Ich habe Sie überhaupt nicht angerufen.

»Elf Freunde müsst ihr sein, wenn ihr Siege wollt erringen«, ist auch nur ein Spruch.

+ Natürlich nicht, denn wir sind eine Reverse-Hotline, nicht Sie rufen uns an, wenn Sie Probleme haben, sondern wir Sie …

… damit ich welche bekomme?

+ Ein gelungener Scherz, Herr Bernstorff!

FRAU Bernstorff, so viel Zeit muss sein.

+ Wir von Mobile Solutions and More haben uns diesen ganz besonderen Service für unsere Prepaid-Kunden ausgedacht, um Probleme schon im Vorfeld gar nicht erst entstehen zu lassen. Wir von Mobile Solutions and More wollen immer besser werden, deshalb untersuchen wir, wie ist der Satisfaction-Index bei Ihrer Bimsi-Box auf einer Skala von 1 bis 10, wobei 10 die höchste Zufriedenheit bedeutet?

Minus fünf!

+ Bitte antworten Sie innerhalb der Skala, mein Name ist Gandalf Zalitta.

Na gut: zehn.

+ Vielen Dank. Möchten Sie zusätzlich zu Ihrer Box noch einen Muffin oder ein Croissant?

Nein danke!

+ Darf ich Sie dann über die neuen Produkte aus dem Hause Bimsi Technologies kurz informieren?

Nein.

+ Gut, dann hole ich etwas weiter aus. Mein Name ist Gandalf Zalitta. Die Herbstkollektion von Bimsi Technologies offeriert Ihnen die beliebte Bimsi-Box in fünf neuen Trendfarben: Dazzling Ocean Blue, Violet Tulip, Dead Chicken Cunt, Foot-Mushroom Yellow und Deep Grizzly Asshole Black.

Danke nein, ich bin nicht an bären-arschlochfarbenen Bimsi-Kästen interessiert.

\+ Kennen Sie denn schon Bimsi-Kid, die Bimsi-Box für unsere Kleinen? Hallo, Bimsi, sag mal guten Tag.

++ Hallo, Onkel Bernstorff, wie geht es dir, ich bin der kleine Bimsi und koste nur 35 Euro monatlich, huhu, Onkel Bernstorff!

Mir reicht's jetzt, ich hab die Schnauze voll.

++ Möchtest du dazu vielleicht noch einen Muffin oder ein Croissant?

N E I N D A N K E !

RAUCHENDE MÄNNER

Wenn die Balkone Trauer tragen

Sie stehen einfach da und rauchen. Sonntagmorgens. Männer auf Balkonen. Sie tragen, noch von der Nacht, labbrige T-Shirts mit den Motiven vergessener Popgrößen. Den Intimbereich regiert die bollerige Jogginghose. So stehen sie da, glotzen vor sich hin und rauchen. In der Wohnzelle hinter dem Balkon rasselt ein dazugehöriger weiblicher Vorstadt-Primat durch den noch jungen Vormittag. Der Mann auf dem Balkon überlegt kurz, sich in die Tiefe zu stürzen, dann schaut er auf die halbaufgerauchte Marlboro Light und denkt: »Wäre schade drum.« Das Kleinhirn sendet stattdessen einen Befehl an die rechte Hand, der in unserer Sprache etwa lauten würde: »Sofort am Sack rumfummeln.« Unten, von der Straße aus, sieht ein anderer Mann im selben Moment den Raucher in grau-beiger Jogginghose auf einem winzigen Balkon stehen und sich am Sack rumfummeln. Den Umweg übers Bewusstsein weglassend, wühlt auch der Straßenmann jetzt in seinem Testikelvorrat und schmort sich mit brennender Zigarette ein Loch in den Outdoorschlüpfer. Vor Wut tritt er nach seinem struppigen Fixköter an der Flexileine. Vier oder fünf rauchende Männer sind es um diese Zeit, die zwischen den Wohntürmen ihre kleinen Hunde zum Kacken auf den Spielplatz führen. Von den Balkonen schauen ihnen die anderen rauchenden Männer zu. Bestimmt hätten sie sich viel zu erzählen, die Raucher da oben und die da unten, doch sie begegnen sich nie. So wissen sie nicht, wie es den anderen dabei geht, seit Jahrzehnten mit einem Riesenwombat in einer Drei-Raum-Zelle zu leben, oder wie man damit klarkommt, dass man immer älter wird und an nichts mehr Freude hat, nur noch an den paar Minuten ganz für sich, wenn man mit den ersten Sonnenstrahlen auf den noch nachtfeuchten Balkon hinaustritt und raucht – ganz allein und in Gedanken. Die Männer da unten rauchen, während ihre Hunde kacken, und auch sie genießen jeden Moment des Alleinseins. Begegnen sich zwei von ihnen, dann begrüßen sich nur deren Hunde, die Männer zerren an den Flexileinen und rauchen. Für Außenstehende mag es wie eine Allegorie auf die Traurigkeit des Lebens erscheinen, all diese einsamen rauchenden Männer am Sonntagvormittag. Aber wer weiß schon, was wirklich in ihnen vorgeht. Vielleicht sind sie in diesen Momenten glücklicher als im ganzen Rest der Woche – was an sich noch trauriger wäre.

DER VERBRAUCHER

Der letzte Mohikaner unter den ehrlichen Wörtern

Es wundert einen ja schon nichts mehr, was im Namen von wem auch immer der Sprache angetan wird: Verweiblichungs-Geschwurbel, Solution-Gefasel einer Arschgeigen-Group, und besonders die Politik verbreitet nur noch euphemistisches Gewäsch – es treibt einen schier in den Wahnsinn. In der freien Zausel-Republik BaWü heißt die Jagd neuerdings »Wildtier-Management«, da fühlt sich die Ricke doch gleich viel besser angesprochen. In all diesem Irrsinn hat es ein Wort geschafft, sich gegen die selbsternannten Anwälte der Gerechtigkeit zu behaupten: Der Verbraucher. Oder noch schöner: »Der Endverbraucher«, dem der Endsieg über das Neue immer wieder gelingt. Zwar hat sich in der Pissetrinker- und Pissetrinkerinnen-Welt immerhin das Gefussel von den »Verbrauchern und Verbraucherinnen« durchgesetzt, nicht jedoch eine weibliche Normalverbraucherin anstelle ihres männlichen Kollegen Otto. Aus Sicht der Sprach-Taliban gäbe es allerdings gute Gründe, dem Verbraucher den Garaus zu machen. Er ist gleichzeitig Mensch und Kaffeemaschine oder was man sonst noch alles mit Strom betreiben kann. Das Menschen-Wort ist von geradezu altmodischer Schonungslosigkeit wie Krüppel oder Schwachsinniger. Es reduziert die Krone der Schöpfung auf sein Wesen als Transformator von Edlem und Wertvollem in Scheiße – Nachhaltigkeit ist was anderes. Kann man Kameldung sogar noch zum Heizen verwenden und selbst mit Hühnerkot den Acker düngen, verwandelt der Verbraucher egal, ob fettige Fritten oder glasierten Hummer in ein

Hochsitz für Jäger im ersten Lehrjahr.

und dieselbe Scheiße – um es noch mal ganz deutlich zu sagen. Gleich, was diesem Großvernichter in den Schlund gerät oder in die Hände fällt, ist danach nur noch Schei… nein, nicht noch mal: Müll, Abfall und Schrott. Eine Waschmaschine würde wahrscheinlich Jahrhunderte überleben – doch kaum hantiert Ottilie Verbraucherin daran herum, ist sie nach ein paar Jahren kaputt. Mittlerweile liegt der ganze Planet voll mit dem ausgefurzten Dreck der Vollstrecker des zweiten Hauptsatzes der Thermodynamik. Dennoch gibt es ganze Ministerien, die sich dem Schutz des Verbrauchers widmen. Da wundert sich die verfolgte Malaria-Mücke, die weit weniger Unheil anrichtet und mit etwas Glück sogar den Verbraucherbestand regional ausdünnt. Mich hingegen wundert, dass sich dieses ehrliche Wort in einer Welt des schönfärberischen Gelabers noch immer hält und nicht zum Beispiel durch »Kuluttaja« ersetzt wurde – so heißt der End-Vernichter auf Finnisch, und wer würde schon einem niedlichen Kuluttaja unterstellen, dass er die ganze Welt zuscheißt.

DIE GRIECHEN

Wenn der Weltgeist leise »Servus« sagt

Vor vielen, vielen Hunderten von Jahren lebte ein Volk auf dem südlichen Balkan, das man die Griechen nannte. Sie erfanden die Liebe ohne Sex, die Irrationalität der Quadratwurzel aus zwei, ein hohles Pferd aus Holz und ganz nebenbei auch noch die Demokratie – das sind Ahnen, wie wir Deutschen sie auch gerne hätten, statt der biersaufenden Zeckenzüchter, die zur selben Zeit durch unsere Breiten stiefelten. Drum erfand der deutsche Philosoph Georg Friedrich Wilhelm Hegel ein Fabelwesen namens »Weltgeist«, welches den Genius der antiken Griechen in die nördlichen Sumpfgermanen implantierte. Wir Deutschen sind demnach die legitimen und alleinigen Nachfahren der alten Schlauberger vom Balkan. Das leuchtet auch jedem sofort ein, denn wir geilen uns an Primzahlen auf und gestalten unsere Vorgärten nach der euklidischen Geometrie. Zeitgleich zur Weltgeist-Transplantation in den teutonischen Volkskörper hat sich im ursprünglichen Verbreitungsgebiet der alten Griechen ein quittungsresistenter Mob angesiedelt, der seinerseits behauptet, legitimer Nachfahre der antiken Bildungsbürger zu sein – eine historische Lachnummer, die jeder Beschreibung spottet, bestenfalls vergleichbar der Bezeichnung »Sachsen« für die Primaten am Oberlauf der Elbe. Krampfhaft versuchen die selbsternannten Neugriechen schon seit 150 Jahren, das Erbe der Antike anzutreten: Sie schreiben mit eckigen Buchstaben, wissen alle, wann die Keilerei bei Issos stattfand, sogar wer gegen wen, und zwangen sogar ihre Bewohner bis 1976, eine pseudogriechische Kunstsprache zu erlernen. Allein, es half nichts, die orientalischen Grundrechenarten Behumsen und Bescheißen setzten sich immer wieder durch. »Trick siebzehn mit Selbstüberlistung« wurde zur allgemein anerkannten Wirtschaftstheorie, und wer nach zwei Monaten Regierungszeit nicht mit vollen Taschen aus dem Amte schied, galt allgemein als Volltrottel. Für die jeweilige Regierung besteht die Bevölkerung noch heute aus eigenverantwortlichen Privatpersonen, mit denen man nichts zu tun haben will. Das griechische Wort für »Privatperson« lautet übrigens »Idiot«. Wenngleich also die im südöstlichen Europa aufgeführte Tragödie allmählich in ihren dritten Akt eintritt, sind deren Laienschauspieler noch immer guten Mutes und hoffen auf ein heiteres Satyrspiel zum Schluss. Trost und Gewissheit spendet ihnen der Parthenon oben auf der Akropolis: Vor zweieinhalbtausend Jahren erbaut, vor dreihundert Jahren zusammengeschossen, nie aufgeräumt oder repariert, und siehe, die Möwen scheißen noch genauso gern hinein wie ehedem.

ALLEIN IM ALL

Wir sind die Diepholzer

Das Universum! Seit zig Milliarden Jahren eine Baustelle, und keine Aussicht, dass es irgendwann mal fertig wird. Wir wissen nicht mal, ob es noch im Aufbau ist oder schon die Abrissphase läuft. Seit dem Urknall explodiert oder implodiert der ganze Mist, und soweit wir bisher wissen, sehen die allermeisten Planeten so aus wie der Braunkohletagebau in der Lausitz. Trotzdem glauben viele Menschen, dahinter stecke ein göttlicher Plan. Klar, ein Gott, der den Flughafen »Gurkensumpf international« zugelassen hat, warum soll der nicht auch das Universum erschaffen haben – auf eine Pleite mehr oder weniger kommt's doch wirklich nicht an. Aber warum existiert dann nur in einem superwinzigen Teil dieses Riesenuniversums Leben? Darüber können sich die gepimpten Planetenaffen auf Erden nicht genug wundern. Was ist daran rätselhaft? Vielleicht existiert auf allen anderen Planeten Sagrotan, und deshalb kann da nix überleben, nicht mal die klitzekleinste Bazille. Aber noch hat der Idiot auf Erden die Suche nach einem Kumpel im Weltall nicht aufgegeben. Sonden und Satelliten kreisen durch den unendlichen Raum und gucken, ob einer guckt. Kapseln mit einem Zettel drin, auf dem die Formel für Coca-Cola und die Körbchengröße von Pamela Anderson aufgeschrieben stehen, werden ins Nirgendwo geschossen in der Hoffnung, dass sie jemand fände und ein Zeichen zurücksende. Pausenlos morsen, fiepen und blinken Erdstationen Signale hoch in den Himmel. Doch niemand antwortet. Sind wir tatsächlich allein im Universum, oder will einfach nur keiner etwas mit uns zu tun haben? Ich bin sicher, Letzteres entspricht der Wahrheit. Das ganze Weltall ist voller Leben, es wuselt an allen Ecken, quiekt und schleimt aus jeder Ritze. Doch sobald von hier unten eine Raumkapsel hochgeschossen wird oder nur das Hubble-Weltraumteleskop vorbeifliegt, springen alle hinter den nächsten Asteroiden und piepen sich zu: Versteckt euch, die Doofen kommen zu Besuch. Im Weltall ist's wie Weihnachten früher bei uns zu Haus: Mein Bruder saß am Fenster und hielt Wache. Sobald sich ein grüner Opel näherte, rief er in die Stube hinein: Alarm, die Diepholzer, Tante Warzennase und Onkel Laberarsch! Und schon rasselte die Jalousie herunter, und wir alle waren mucksmäuschenstill. Sehen wir den Tatsachen ins Auge. Für die da draußen sind wir die Diepholzer.

ES HAT IHNEN NICHTS GENÜTZT

Schaler Trost der Zukurzgekommenen

Machen wir uns nichts vor: Kein Geld zu haben oder auch nur wenig ist kein Spaß. Je geringer allerdings die Chance, an die Fleischtöpfe zu gelangen, desto kritischer gerät der Blick auf die Welt der Begüterten. Am liebsten schaut man von der untersten Sprosse der Leiter hinauf zum total verkrebsten Multimillionär, den es nach zig Therapien dann doch dahingerafft hat. »Das ganze schöne Geld, es hat ihm nichts genützt.« Als wären die Chancen, dem Krebs zu entgehen, größer, wenn man ein armer Schlucker ist. »Mag wohl sein, trotzdem: Das ganze schöne Geld, es hat ihm nichts genützt.« Voller Häme ergötzt sich der kleine Mann am Schicksal des Gebeutelten. Schon aus der Bibel kennt man den verarschenden Trost für die Armen: »Es ist leichter, dass ein *Kamel* durch ein *Nadelöhr* gehe, als dass ein Reicher ins Reich Gottes komme.« Dafür hat der Reiche aber sein eigenes irdisches Reich, in dem er so viele Nadelöhre in Kamelgröße bauen kann, wie er lustig ist. Die Armen und Betrogenen aufs Jenseits zu vertrösten, ist so alt wie der Betrug selbst. Seitdem allerdings der jenseitige Lohn höchstens noch den Selbstmordattentäter hinterm Kamel hervorlockt, schafft es der säkularisierte Penner unserer Tage, sich selbst zu verarschen: »Das ganze schöne Geld, es hat ihm nichts genützt.« Wohlig räkelt sich die stumpfe Krampe auf dem Billigsofa, als sie vom plötzlichen Herztod des Milliardärs erfährt. Dass unzählige andere Reiche und Mächtige schon den x-ten Infarkt überlebt haben, gerade weil sie über die entsprechende Valuta verfügten,

Endlich brummte das Geschäft. Der alte Name »Siggis Skalpierservice« war's irgendwie nicht.

blendet das sich selbst bescheißende Ich großzügig aus. Es wäre wohl zu viel verlangt, sich einzugestehen, dass das Leben zwar von Gott gegeben, aber vom Menschen genommen sein kann. Die Wahrscheinlichkeit schäbigen Abkratzens korreliert durchaus signifikant mit der Ebbe im Portemonnaie und den damit einhergehenden Ohnmächten. Damit das nicht so auffällt, werden in der Verblödungsindustrie immer wieder Schicksale als Roman oder Film entworfen, in denen die Schönen und Reichen auf links durchs Nadelöhr gezogen werden. Da grinst das von Gicht gebeugte Mütterchen, wenn es vom grausamen Schicksal des Hochadels liest, wo schon in dritter Generation die Gebärende noch auf dem Kindbett im eigenen Blut ertrank. Ogottogottogott. »Das ganze schöne Geld, es hat ihnen nichts genützt.« Doch, damit kann man zum Beispiel solche Filme drehen, um die Leute zu verarschen, damit sie einem nicht das schöne Geld wegnehmen.

LOKUSSPRÜCHE

Wahre Dichtung des Volkes

»Tritt näher, er ist kürzer, als du denkst!« Das las man früher an der gefliesten Wand, als man noch in die Pinkelrinne strullte und noch nicht in den Urimaten. Seither ist's vorbei mit den guten alten Lokussprüchen, und man darf sich beim Schiffen über die Vorzüge der gebremsten Inkontinenz mittels Granufink informieren. »Auf diesem Lokus sitzt ein Geist«, raunte es einst in der Abferkelbox, »der jedem, der zu lange scheißt«, im zweiten Vers deutete sich das Unheil schon an, und dann kam's: »von unten in die Eier beißt«. Wir ahnen, das Poem war den Kabinen der Herrentoilette vorbehalten, und man fand genau diese Verse an nahezu jeder Toilettentür. Obwohl schon tausendmal gelesen, musste man immer wieder schmunzeln – genau wie über den gestrichelten Penis nebst haarigen Testikeln untendran. Doch wieso freute man sich immer wieder aufs Neue? An der Originalität des Werkes lag es wohl kaum, es war die Vorstellung von jemandem mit heruntergelassener Hose auf der Schüssel, der dort hockte und mit gestrecktem Arm einen Pimmel an die Tür krickelte. Das Heitere liegt dabei in der absoluten Sinnlosigkeit der Tat und in der kindlichen Freude, heimlich etwas Versautes zu hinterlassen. Es ist eines der ältesten Zeugnisse menschlicher Phantasie überhaupt, so alt wie die Zeichnungen in der Höhle von Lascaux. Heute sind die kleinen Verse auf den Toiletten verschwunden, abgelöst entweder durch Werbung oder durch dumpfe Sachbeschädigung. »Die Bonbons in den Pissbecken bitte nach dem Lutschen nicht wieder hineinspucken. Vielen Dank.« Am meisten konnte ich mich immer über das angehängte »Vielen Dank« amüsieren, antizipierte es doch den stattgefundenen Vollzug – so wie es diese selbstgefälligen Autobahn-Baustellenschilder tun: »Ausbau der A7 bis Ende 2034 – Vielen Dank für Ihr Verständnis« – als ob das je einer haben würde. Doch zurück zur Scheißhauswand. Besonders angetan hatten es mir stets jene Weisheiten, die das Medium selbst reflektierten: »Wer dies liest, steht in meiner Pisse«: ein Klassiker der kritischen Literatur, deren Absicht es schon immer war, auf das Verhalten der Menschen positiv Einfluss zu nehmen. Ähnlich verhält es sich mit einem weiteren Standard, der auf jedem Lokus früher zu finden war: »Was suchst Du den Witz an der Wand, den größten hältst Du in der Hand.« Leider ist diese Volksdichtung der Säuberung zum Opfer gefallen und wird von mir jedes Mal schmerzlich vermisst, wenn ich zum x-ten Mal beim Pinkeln auf Bilder von Kaminöfen starren muss.

OCH NEE, WAR GANZ SCHÖN

Pissesäufers paradise

Ich weiß nicht, wann hört es im Leben auf, sich vor Freude einzupissen, in die Lüfte zu springen oder laut juchzend durch den Salon zu karjohlen? Ich kann mir allerdings vorstellen, dass heute schon Vierjährige existentiell gelangweilt auf die Welt schauen. Ist des Lebens Mitte überschritten, also nicht die physische, sondern die geistige – was immer früher geschieht –, dann verglüht das ekstatische Frohlocken in einem »Och nee, war ganz schön!« – Selbst wenn der Papst mit dem Pöter Querflöte spielte und dazu die Don Kosaken Limbo tanzten, käme auf die Frage, wie's denn war, ein abgeklärtes »Och nee, war ganz schön!« Nichts, aber auch gar nichts kann das fettgefressene Lebewesen aus Mitteleuropa noch aus seiner gepamperten Zufriedenheit locken. Muss ihm erst der Arsch wieder weggebombt werden, damit es zu spontaner Lebensfreude zurückfindet? Nach dem Ende des Krieges brauchte es nur eine mittelmäßige Schalmeientruppe und einen ungeheizten Saal, um aus reiner Dankbarkeit, noch am Leben zu sein, unbändige Lust zu verspüren. Heute reichen kaum vierzig Trucks mit Flackergedöns und Lasershows, um die Netzhäute zu gerben … und dennoch sagen 40 000 Zuschauer: »Och nee, war ganz schön.« Nichts reißt die Gleichmütigen mehr vom Hocker. Aber wollen wir, dass jede Generation mindestens einmal ausgebombt wird, damit sie nicht an Furzigkeit zugrunde geht? Vielleicht kann man den Krieg mal auslassen und gleich mit der Gefangenschaft beginnen, um zu merken, dass der Biss in eine Leberwurststulle vom Glücksgefühl her durchaus mit dem Kauf eines Porsche Panamera gleichziehen kann. Nun bin ich der Letzte, der die stille Freude im bescheidenen Glück propagierte, aber wenn man sich schon einen Porsche gönnt, dann sollte man sich gefälligst auch so benehmen oder benehmen dürfen wie jemand, der einen verdammt geilen Porsche besitzt und nicht mit Mehmet Scholl im verschissenen Dacia zum Ein-Euro-Markt schiggern muss. Wäre es dann auch nicht mal angesagt, sich vor Lebensfreude einzupissen, meinetwegen auch ins Connolly-Leder vom 911er, statt verschämt in Tiefgaragen auf den Kotflügel zu wichsen, nur damit ja nicht so was wie kindlicher Spaß an Schönheit, Völlerei und Verbotenem die Aufmerksamkeit der Richtigmenschen weckt? Wenn die Revolutionswächter der Spaßbefreiung endgültig die Macht erobert haben, dann wird das Ende nicht furchtbar sein, sondern noch schlimmer: bedeutungslos. Unter dem fahlen Schein einer Energiesparfunzel haucht man seinen letzten Satz auf Erden in die Atmosphäre: »Och nee, war ganz schön.« Wie erbärmlich.

KNIPSEN

Abschied vom Fotoamateur

Es ist so weit, ich bin zum Foto-Veganer geworden. Nie hätte ich es für möglich gehalten, dass mich ein früher faszinierendes Hobby dermaßen anödet wie das Fotografieren. Dieses permanente Geknipse um mich herum macht mich aggressiv. Mit mobilen Fernsprechendgeräten, mit i-Brettern und bald auch mit der Brille und der Lifelog-Kamera über den Augenwülsten knipst das dumpfe Schwein, das sich als Mitmensch verkleidet hat, alles um sich herum. Um diese hingerotzten Momentaufnahmen seines unnützen Erdendaseins schnellstmöglich wieder loszuwerden, »teilt« er sie mit seinen »Freunden«. Bedauerlicherweise werden sie dadurch nicht zerkleinert, sondern vervielfältigt. Was Wunder, dass bei so viel Rumgeknipse irgendwann die Motive ausgehen. Als Ultima Ratio der Demotivierung bleibt nur noch die eigene verzerrte Visage. Vor dem Eiffelturm, neben Promis oder zwischen anderen Dumpfbacken platziert, degradiert sie noch das ehrwürdigste Motiv zur Selfie-Tapete. Wächst einem der ganze geknipste Dreck über den leeren Kopf, kann man ihn in der Cloud entsorgen, und Google und seine Spießgesellen sortieren einen Lebenslauf daraus, den sie an Staat und Industrie verbimmeln. Gut, mit diesen Honks haben wir natürlich kein Mitleid, wenn sie in ihrem selbstverschuldeten Mahlstrom zugrunde gehen. Leid tut es uns – wenn überhaupt – dann um jene, die sich früher »Fotoamateur« nannten und bei jeder Aufnahme aufs Sorgfältigste Verschlusszeit und Brennweite auszutarieren trachteten. Sogar die Motivwahl entsprang nicht einer spontanen Laune, zumal Film und Papierabzug ja auch nicht billig waren. Fotoapparate waren Anschaffungen fürs Leben und wurden nicht selten weitervererbt: Jeder Geburtstag, jedes Weihnachtsfest komplettierte die Sammlungen an Objektiven, und – oh Wunder – sogar die Bilder genossen selbst unter Familienangehörigen ein gewisses Interesse. Das Elend begann, als die Ankündigung eines Dia-Abends Angst und Schrecken bei Freunden und Gästen auslöste. Heute ist selbst der Schreck verschwunden, geknipstes Leben wird auf irgendeine Plattform hingeschissen, und niemand muss es mehr zur Kenntnis nehmen. Alle zwei Stunden kommt eine neue Systemkamera auf den Markt, und der Gott, der Scheiße wachsen ließ, hat auch dieses einst schöne Hobby in die Belanglosigkeit hinabgestoßen. Bitte recht freundlich allerseits!

AFGHANISIEREN

Endlich ein deutsches Wort für »Downgrading«

Die Sprache ist ein Lebewesen, das heißt, sie verfault und stirbt ab wie alles andere auch, manchmal sprießen aber auch wilde Triebe aus ihrem modrigen Körper. Die deutsche Sprache ist bekannt für ihre Hauptwort-Cluster, die besonders im Sprachgebrauch des Beamten-Endlagers irre Blüten treiben: Asylbewerber-Rückführungs-Aufschub-Antragsformular, da streckt der Migrant freiwillig die Läufe. Jüngste Neologismen-Mode sind die aus Eigennamen gebildeten Verben. Vorreiter war das »rumköhlern«, benannt nach dem zurückgetretenen Bundespräser Horst. Gemeint war mit dem Begriff ein nörgelndes Eingeschnapptsein nach Konfrontation mit leisester Kritik. Einen Sommer lang lebte das Wort unter den hippen Erstverwendern in den Städten und hätte vielleicht eine Zukunft gehabt, wäre nicht der nächste Bundespräsi ebenfalls in ein substantiviertes Verb verwandelt worden. Diesmal ging es um das »wulffen«, das tat man, wenn man sich sogar geringfügige Wertgegenstände und Dienstleistungen zusammenschnorrte: Sitzplatz-Upgrading, Kinderplastik-Trecker oder ein Weißbier mit Bananengeschmack auf dem Oktoberfest. Das amtierende Oberhaupt der Republik hat es als solches noch nicht zum Verb geschafft. Nur als er noch der Stasi-Behörde vorstand, hieß »gaucken« sich seiner Aktenlage in Mielkes Hobbyshop zu versichern. Heute passt es eher als Bezeichnung für »geschwollene Reden schwingen«, da stünde es allerdings in Konkurrenz zum »käßmannen«. Wohl aufgrund seines sperrigen Namens hat es ein anderes Kirchenwesen nicht zum Begriff geschafft: Das astronomische Anschwellen von Baukosten bei überflüssigen Gebäuden heißt zumindest noch nicht »tebartzen« oder »vanelsten«, sondern immer noch »elbphilharmonisieren«. »Stuttgarten« hat es nicht geschafft, im absurden Baugewerbe eine Duftmarke zu setzen. Dagegen allerdings »afghanisieren«, das es bis in den offiziellen Sprachgebrauch der Streitkräfte gebracht hat. Es bezeichnet das Downgrading westlicher Kultur auf Drittweltstandard, also zum Beispiel den Villeroy-und-Boch-Tiefspüler in Kunduz wegsprengen und durch einen Donnerbalken aus Ziegenknochen ersetzen. Ich bin gespannt, ob dieses schöne neue Wort vom Hindukusch als Souvenir mitgebracht wird. Hier gäb's doch auch 'ne Menge zu »afghanisieren«: die Renten, die Unterstände für Hartz-IV-Empfänger, die Infrastruktur – obwohl die hat sich ja bereits selbst »afghanisiert«.

DER GERUCH DER GELBEN ZELLEN

Auf der Suche nach dem verlorenen Gestank

Es gibt Gerüche, die haben sich in das kollektive Gedächtnis eingebrannt. Wer noch die Zeiten erlebt hat, als die Bundespost das Fernmeldemonopol verwaltete, wird das Odeur der gelben Telefonzellen ganz tief in seinem Inneren aufbewahrt haben. Es ist ein unnachahmlicher Cocktail aus heute kaum noch bekannten Ingredienzien. Da wäre zuerst einmal der Eigengeruch der Zelle zu nennen, sozusagen die olfaktorische Basis. Zwei bis fünf dickleibige Rufnummernverzeichnisse hängen kopfüber in Klappregistern. Das schwüle Treibhausklima im gläsernen Sarkophag, gebildet durch Sonneneinstrahlung und Körperschweiß der Fernsprechteilnehmer, hat die gelben Bücher stockig werden lassen, was nichts anderes heißt, als dass Freund Schimmel sich ihrer bemächtigt hat. Über dieser Basisnote schweben die Duftstoffe Hunderter Nutzer pro Tag. Zuoberst die der Raucher, unvorstellbar für heute Lebende gab es in den gelben Zellen kleine Aluminium-Aschenbecher, in der faulige Kippenreste für Jahre verweilten. Meiner Erinnerung nach wurden die Aschenbecher selbstverständlich nie geleert. Zu den treuesten Fernmeldekunden der Bundespost – jedenfalls, was deren Münzfernsprecher betraf – schienen Roth-Händle- und Reval-Raucher zu gehören. Der

Gestank nach erkaltetem Rauch Filterloser hielt sich über die komplette Lebensdauer der Zelle. An dieser Stelle sei mir der Hinweis gestattet, dass es sich bei den erwähnten Zigarettenmarken um Brennstäbe handelte, deren Genuss einen heutigen metrosexuellen Burn-out-Simulanten schon nach zwei Zügen aus den Fahrradsattel fegen würde. Gleichviel, im Zeitalter der gelben Zellen stand die eigene Pneumatik nicht gerade unter besonderem Schutz der Betreiber. Selbstredend wurde während des Telefonats in der Zelle ständig gequalmt und in alle Richtungen geascht. Jetzt fehlen uns nur noch zwei Duftnoten zur finalen Komposition: Da ist zum einen der von Pisse, irgendwie war es damals wohl chic, in Telefonhäuschen hineinzupinkeln, war es ein stilles Aufbegehren gegen das Fernmeldemonopol oder das Schweinesystem insgesamt, man weiß es nicht. Ähnlich verhält es sich übrigens mit Erbrochenem. Wohl ahnend, dass der Mensch auch und gerade als Telefonist eine solche Drecksau ist, hatte die Bundespost an den Seiten des Betonfußbodens Ablaufschlitze eingelassen. Und damit kommen wir zur letzten noch fehlenden Kopfnote: Angelockt vom Duft nach frischem Erbrochenem krochen Lurche, Mäuse, Spinnen und anderes Getier durch die Schlitze in die Zelle und fanden oft nicht wieder hinaus, blieben somit als verwesender Kadaver dem Flavour erhalten. Stellt man sich all diese Gerüche übereinandergelegt vor, so kommt einem das unnachahmliche Odeur der gelben Fernsprechzellen wieder in den Sinn, und ein ganzes Jahrzehnt erscheint vor der geistigen Nase, als wäre es grad gestern vorübergegangen.

Das umgefallene Schild einfach wieder aufstellen, wäre die andere Möglichkeit gewesen.

EKEL-GLOTZE

… oder Klötenfresser-Porno, wie man will

Abscheu und Entsetzen wandeln sich – oh Wunder – in eine Nominierung für den Grimme-Preis: Das ist die Geschichte des deutschen Ekelfernsehens Dschungelcamp. Was ist geschehen? In der Sendung jedenfalls seit zehn Jahren nichts. Noch immer hocken versiffte Z-Promis im Dreck, lutschen Skippy-Klöten und lassen sich von der Kakerlake einen blasen. Mit dem blasierten Arte-Versteher ist etwas passiert. Heimlich geguckt hat er das geschmähte Unterschichtsfernsehen schon immer, vorgeblich, um sich über Bande am niedrigen Bildungsniveau der Prekarier aufzugeilen. Doch erst jetzt begreift er die stille Größe des Madenfresser-TVs. Es geht gar nicht darum zu sehen, wie Omega-Pleistozän-Promis ihre Restwürde im Urwald vernichten, nein, das wäre ja ein derart niederes Rezeptionsniveau, zu dem sich Arte-Heinz und 3sat-Else niemals herablassen würden – offiziell! Die Bildungsschicht säuft sich das Ekelfernsehen schön, indem sie daraus eine Großmetapher für die Postmoderne formt. Ist es nicht so, dass wir alle quasi verdammt dazu sind, in einem Dschungelcamp zu leben? Das Geworfensein in die Existenz paart sich mit den Imponderabilien der spätkapitalistischen Entfremdung, blabla Habermas oder Habakuk Tibatong, keine Ahnung! Kurz gesagt: Es nagt ein jeder an den eigenen Känguruklöten seines Schicksals, und gefilmt wird er dabei von der NSA. Genau deshalb dürfen jetzt alle Dschungelcamp gucken und müssen nicht mehr verschämt die Gardinen zuziehen vor den Nachbarn, wenn die zappende Fernbedienung bei RTL zur Ruhe kommt. Im Angesicht der verschwurbelten Gelüste beim Hochkultur-Hominiden gehört unsere Sympathie ausnahmsweise den ungehobelten Mastschweinen auf den Billigsofas – sie guckten schon immer das Dschungelcamp nicht als postmoderne Großmetapher, sondern weil dort Menschen mild gefoltert werden. Noch lieber würden sie wahrscheinlich Guantanamo-TV gucken, mit Waterboarding und Scheinhinrichtungen, dazu 'ne Kiste Bier und 'ne Tiefkühlpizza, besser geht's doch gar nicht. Auch 'ne veritable Romahatz durch städtische Vororte wäre wohl möglich. Ganz nach dem Geschmack der Leute, die sich jetzt noch mit raupenäsenden Vorgestern-Celebrities abspeisen lassen. Drum danken wir an dieser Stelle dem großen RTL, dass es des Menschen niederste Triebe auf so harmlose Weise kanalisiert hat.

HOMOEHE

Gleich homo sapiens sapiens

Zuerst dachte ich, demnächst soll's NUR noch die Homoehe geben als staatlich geförderte Lebensgemeinschaft. Die Hetero-Verbindung gehen doch sowieso immer weniger Paare ein, Kinder werden längst von Alleinerziehenden geboren, und Scheidungen sind kaum noch finanzierbar – was soll also das sture Festhalten an einer überkommenen Institution? Ja aber, sagen deren Verfechter, die Familie, also das Mann-und-Frau-Ding, ist die Keimzelle der Gesellschaft. »Keimzelle«, das klingt nach Befall und Verseuchung, und tatsächlich finden dort überproportional viele Verbrechen statt: Von Beischlafdiebstahl über schlichten Gattenmord und Vergewaltigung in der Ehe bis hin zur Kindstötung und Pädophilie bietet die Familie das ganze Portfolio menschlicher Abscheulichkeiten. Warum nur wollen sich die Schwulen ausgerechnet damit gemeinmachen? Sieht man mal von dem nachvollziehbaren Wunsch nach gleichen Rechten ab, so geht es ihnen ja auch um die namentliche und rituelle Gleichstellung mit dem Mann-Frau-Ding. Warum? Schwule haben einfach einen schlechten Geschmack, das muss mal gesagt werden, selbst wenn sofort die Homophobie-Keule geschwungen wird. Wer freiwillig Village People hört und Hildegard-Knef-Lieder nachbrummt, der will auch in Weiß heiraten und den Geistesgestörten am Altar die rhetorische Frage stellen lassen. Kann man nix machen, Schwulsein und Kitsch gehören anscheinend zusammen – warum, weiß ich nicht. Da muss dann halt auch die Forderung nach der guten alten Ehe her. Wie zu erwarten folgte sofort eine Fatwa aus dem Vatikan, und in erzkonservativen Ecken der Gesellschaft begann das Gegrummel. Die übliche Richtigmenschen-Schwadron schied ihre wohlfeile Solidaritätsadresse aus – alles wie gehabt. Doch wieso setzten sich plötzlich auch CDU-Abgeordnete für die Homoehe ein? Das steht doch gar nicht in ihrem Parteiprogramm. Geht da womöglich heimlich etwas ganz anderes vor? Zieht Schäuble im Hintergrund die Strippen? Wird über den Umweg der Homoehe das Ehegattensplitting zumindest für kinderlose Paare abgeschafft? Wundern würde es mich nicht, denn die Politik über Bande ist ja zum Markenzeichen der GroKo geworden. Es ist wie mit der sogenannten Investitionsabgabe. Von der EU lässt man sich die Kfz-Steuerermäßigung in Höhe der Maut verbieten, Letztere aber bleibt. Haha! Wieder ein paar Milliarden mehr dem Bürger abgepresst. Die Homoehe winkt man demnächst durch, ist doch im Grunde den meisten auch vollkommen egal. Aber gleichgestellt, zumindest steuerlich, werden nicht die Schwulen, sondern die Heteros. Ätsch! Ja, so geht Politik und nicht anders.

MAGISCHE GERÄTE

Jede Jugend hat ihren Reiz

Ein Freibad in den 60er Jahren: Im ITT Schaub Lorenz Touring läuft Radio Luxemburg auf Mittelwelle 1439 kHz oder im 49-m-Band auf Kurzwelle. Das magische Gerät des Jahrzehnts ist der Transistorempfänger, er holt die Welt zu dir ins Dorf, nach Hause, wo immer du bist und deine Eltern nicht sind. AFN, BFBS, RIAS 2, Radio Caroline, Radio Veronica oder Radio Nordsee international senden die Musik der Zeit vorbei an den Röhrenempfängern in den elterlichen Stuben hin zu den mobilen Transistorradios der Jugend. 1963 hatte Philips mit dem ersten Kassettenrekorder der Welt die Tonaufzeichnung revolutioniert. Anfang der 70er hatte jeder einen und fischte aus dem Äther seine Hits, der CasCo war das magische Gerät dieser Jahre, zeitgleich mit den riesenhaften Kenwood-Receivern und Dual-Plattenspielern im Jugendzimmer, das Eltern nur unter Todesgefahr betreten durften. In den 80ern schon totgesagt, da wiederum Philips ein neues Speichermedium erfand, die compact disc, erlebte die Kassette einen zweiten Frühling in der Boombox oder dem Ghettoblaster, wie man hierzulande sagte, weil man die gigantischen Brüllschränke vorwiegend auf den Schultern von Schwarzen in Harlem vermutete. Es sollte allerdings noch nicht das letzte Comeback der Kassette sein. Bereits 1977 hatte der Deutsche Andreas Pavel ein Gerät zum Patent angemeldet mit dem sperrigen Namen »körpergebundene Kleinanlage für hochwertige Wiedergabe von Hörereignissen«, in den 80ern, parallel zu den Brüllschränken, machte Sony diese Erfindung unter dem Namen »Walkman« zum universellen magischen Gerät des ganzen Jahrzehnts, kurz darauf gefolgt vom Discman und dem MiniDisc-Player. Erst 2012 stellte die letzte Fabrik in Europa die Produktion der

Hier hätte Jesus seine berühmteste Nummer nicht abziehen dürfen.

Kompaktkassette ein – sie ist damit nach dem Buch der bisher erfolgreichste Kulturträger aller Zeiten, und der Kassettenrekorder war für mehrere Generationen das magische Gerät ihrer Jugend. Erst mp3 mit dem iPod und vor allem das Mobile Fernsprechendgerät, auf Deutsch Handy, haben eine ähnlich prägende Bedeutung für eine ganze Generation gehabt. Bestimmt erinnern sich einige auch noch an ihren ersten Atari, den Commodore, das Tamagochi, den Gameboy oder halten das Smartphone für die multimagische Superikone der Gegenwart. Der Gegenwart! Genau!

PERSÖNLICHER KONTAKT

Am Bildschirm kann man keinen riechen

Nach dem papierlosen Büro ging noch eine technische Utopie mehr oder minder den Bach hinunter: die Telefon- und Videokonferenz. Angeblich sollte sie die persönliche Begegnung überflüssig machen. Es ist wie mit dem Telefonsex: geht auch irgendwie, hat es aber nie zu einer eigenen Kunstform neben dem Sex zwischen leibhaftigen Körpern gebracht. Ein wichtiger Grund für die größtmögliche Vermeidung fernmündlichen Besprechens ist die simple Tatsache, dass es sich bei den notorischen Meeting-Arschbreitsitzern um Gehaltsempfänger handelt. Deren Salär fließt nämlich ohnehin aufs Konto, gleich, wo sich dessen Verbraucher gerade aufhält. Und wer würde schon freiwillig den debilen Blick in die Rechnerkamera gegen getrüffelte Tortellini beim Edelitaliener tauschen? Selbst ein nüchterner

Besprechungsraum erscheint noch attraktiv, ist er nur weit genug entfernt von den Kollegen, dem Chef und dem Rest des Krötentunnels, in dem man ein Drittel seines Lebens verballert. Der Außentermin ist das letzte Stück Verheißung, das uns noch von der Knechtschaft am Rechner befreit. Wäre die elektronische Kommunikation so eine tolle Sache, warum sind dann die Züge so voller Meeting-Touristen, die Autobahnen gefüllt mit Dienstwagen, und wozu gibt es eine Flugbereitschaft, die Mutti und ihre Helfershelfer um den Globus fliegt? Romantiker behaupten jetzt, die persönliche Begegnung sei durch nichts zu ersetzen, deshalb telefoniere Merkel nicht nur mit François Hollande, sondern schaue persönlich nach, was an dem alten Mopedstecher so scharf sein mag. Auf der profaneren Ebene des normalen Besprechungs-Reisenden ist es allerdings weniger der Reiz des persönlichen Kontakts mit irgendeiner Marketing-Wanze in 300 km Entfernung, sondern die Aussicht auf zwei Stunden Bahnfahrt allein mit sich selbst oder noch besser einer Fahrt mit dem Pkw. Denn in den Fahrgastzellen bleibt der Rechner aus, und man kann in stiller Andacht mal sämtliche Körperöffnungen durchpopeln. Allein die Möglichkeit zum Freisprech-Telefonat mindert die autistische Lust. Der NSA sei Dank ist die elektrische Kommunikation auch etwas in Verruf geraten, und landauf, landab herrscht klammheimliche Freude darüber, dass die Auszeit von der betrieblichen Residenzpflicht vorerst gerettet ist.

RETTET DIE ZOTE

Man muss nicht immer auf Höhe seiner selbst sein

Der Karneval, Fasching oder wie auch immer das Festival des faulen Witzes regional genannt wird, gehört endlich auf die Liste des Weltkulturerbes. Hier liegt das letzte Rückzugsgebiet des kulturellen Neandertalers. Vermummt in freier Wildbahn herumlaufen und wie rauschiges Schwarzwild das andere Geschlecht anbaggern – wo geht das sonst noch, ohne von der Gender-Streife aufgegriffen zu werden? –, und das unter aktiver Gestaltung des Tagesalkoholismus, wie herrlich! Ganz besonders wertvoll aber ist der Sitzungskarneval. Hier regiert der archaische Schweinkram als Witz verpackt – genauer gesagt als derbe Zote: Darin sind Männer noch auf Montage, während die Gattin zu Hause den Gasmann vögelt. Es brüllt der Saal in altdeutscher Schlüpfrigkeit, wenn ein Witzegreis zum tausendsten Male reimt: »Die Sonne scheint, die Mücken zwicken, hohes Gras … und nix zu lesen.« Bruharharhar. Die Zote ist einst im mittelalterlichen Karneval entstanden als halbwegs zivilisierte Triebabfuhr – alternativ wäre man gleich mit gezücktem Genital losgestürmt –, da war der Zotennehmer schon dankbar, wenn nur verbal gefickelt wurde. Mit zunehmender Zähmung des Triebes blieb dem schweinischen Klemmspasten nur die Zote als Fluchtweg aus dem Gefängnis der eigenen Geilheit. Im 21. Jahrhundert ist ihm allerdings auch das verwehrt, und sogar der benevolente Sexismus – also das geschlechtsspezifische Entgegenkommen oder Loben – wird öffentlich gegeißelt. Dagegen nimmt sich ja das karnevalistische Treiben wie ein kultureller Atavismus von grotesker Größe aus. Tatsächlich sitzen dort ganz normale Bundesdödel in schriller Kostümierung herum und lauschen den Paläoscherzen eines mehrfach Unbegabten:

»Kommt a dicke und unattraktive Frau mit einem Papagei uf de Schulter in e Gaststub und meent: Der wo mir verrate kann, was für e Viech uf me Schulder sitzt, der daf mit mir ins Bett neisteige. – Nach minudenlange Schweige sagt aner: e Krokodil! Da meent de Frau: O. k. – des lass isch gerade noch gelte ...«

Tätä, tätä!

Wer jetzt nicht gelacht hat, darf in den Keller gehen und sich in die Rilke-Gesamtausgabe vertiefen.

Denn am Aschermittwoch ist ja sowieso alles vorbei!

SCHAMHAAR-ABFACKEL-CHALLENGE

Herdentrieb mit moralischer Tünche

Es nahm kein Ende, sogar Pfaffen in der Glotze kippten sich eiskaltes Wasser über die Rübe. Warum auch nicht, das ist ja das Prinzip des Doofseins: alles mitmachen, weil es angeblich alle machen. Nur nicht durch Nachdenken auffallen. Am Anfang stand die Idee, mehrere bekloppte Massenmobilisierungsphänomene zusammenzurühren. Zum einen die Coldwater-Challenge der asozialen Netzwerke, dann das altbekannte Schneeballsystem der Trickbetrügerszene und als Letztes die moralische Erpressung – der ganze Cocktail wurde so

Regenverarschungsanlage von Manufactum,
handgedengelt, 1850 €

zur Ice-Bucket-Challenge, und in Phase eins kam auch tatsächlich Geld zusammen ... und das öffentliche Interesse für die Krankheit ALS wuchs tatsächlich. Da hätte man aufhören sollen. Doch wie das so ist bei einem Schneeballsystem, es wird stets zu einer Lawine, die niemand mehr aufhalten kann. In Phase zwei haben die Promis von A bis Z und ihre PR-Berater den Wert der Marke Ice-Bucket-Challenge erkannt, und jede Promikrampe kippt sich seither möglichst originell die Polarbrühe über den teilentkernten Schädel. Schöner Nebeneffekt: Man darf drei andere Leute an den Netzwerk-Pöbel verpetzen, und wehe, die machen's dann nicht. Tun sie natürlich in der Regel, weil es Aufmerksamkeitspunkte bringt. Will man fies sein, dann »nominiert« man – neudeutsch für anschwärzen – einen Politiker. Diese Krampen leben von der Gunst der Massen und machen sich für jeden Mist zum Horst. Alle? Natürlich nicht Angela Merkel oder Barack Obama, aber so eine Witzfigur wie Knut Gabriel ist sich selbstverständlich nicht zu blöd dafür. So, und wovon war jetzt seit einer Minute in diesem Beitrag nicht mehr die Rede? Genau, von ALS, der Amyotrophen Lateralsklerose, einer schrecklichen Nervenkrankheit, die einem wie so vieles andere auch den Zynismus der sogenannten Schöpfung vor Augen führt. Aber macht ja nichts, wenn sich genug Leute kaltes Wasser übern Kopp schütten, wacht darin vielleicht noch jemand auf. Und damit wären wir in der dritten Phase der Ice-Bucket-Challenge, die Sache ist endgültig zum Gaga-Event der Fratzenbuch-Behämmerten geworden. Dagegen wäre auch nichts zu sagen, im Gegenteil: Sinnlosen Spaß gibt's nicht gerade im Überfluss in dieser Welt. Aber die Eiskübel-Wette ist ja kein sinnloser Spaß, sondern eine kalkulierte Spendensammelaktion. Und wenn – da kommt als letzte Phase vier – die Fun-Community den Spaß daran verliert und es allmählich doch zu peinlich wird, sich immer noch Eiswürfel auf die Runkel zu kippen, ja, dann zieht sie den Anlass – nämlich auf ALS aufmerksam zu machen – auch mit sich hinab. Danach wird sofort die nächste Sau durchs Netz getrieben, denn alle haben gesehen, wie gut das funktioniert.

Hier ist sie: Die Schamhaar-Abfackel-Challenge. Jeder, der das freiwillig macht, zahlt 100 Euro an das Bundesamt für Bekloppttheitsprävention. Und wer sich dabei auch noch filmt, wird sofort weggesperrt. Viel Spaß!

HOCHKULTUR

Jaulende Nackedeis spritzen Blut ins Parkett

Sogar das Wildschwein ist zum Kulturfolger geworden, da sollte es uns um die Zukunft von Oper und Theater nicht bange sein. Noch in hundert Jahren werden sich der Vorderhaus-Inspizient und die Garderobenfrau in der Kantine ein »Sieg Heil« zur guten Nacht sagen. Denn auf den Brettern, die das Geld verbrennen, hat wieder mal ein Nackter mit Wehrmachtsstahlhelm versucht, dem Theater etwas Tabubruch abzuringen. Der tägliche Kampf um die Relevanz scheint wieder mal gewonnen, die Abo-Menschen sind düpiert, und im Foyer wird zur Pause gehüstelt. Schwerer doch als das Geraune der Geronten nach einer beschissenen Darbietung wiegt, wenn der Stadtkämmerer den Bleistift spitzt. Mit den acht Millionen Subvention pro Spielzeit lässt sich eh kaum Hochkultur erzeugen, wenn jetzt plötzlich 20 % der Kosten auch noch selbst erwirtschaftet werden sollen, so wird hier kaputtgespart, was sich über Jahrzehnte als Zecke im Fell der Kommune eingenistet hat. Wie kann das gehen? Sollen etwa die viermonatigen Theaterferien gekürzt werden, der Festivalbesuch in Brasilien ohne Originalkulissen stattfinden, oder wie hat sich der Herr Banause das bitte schön vorgestellt? Und wenn gar nichts mehr greift an weinerlichem Geseire über das Ende der Hochkultur, kommt das Märchen von den weichen Standortfaktoren. Angeblich – niemand hat's je ermittelt – würde Spitzenpersonal nur in jene Städte kommen, die ein Dreispartenhaus mit Oper, Ballett und Schauspiel ihr Eigen nennen. Ja sicher, käme noch der weichste aller Standortfaktoren hinzu, ein Dreispartenpuff für oben, vorne und hinten, stünden die Top-Entscheider Schlange. Wenn es darum geht, die Pfründe zu retten für Intendanz, Kulissenschieber und Schütze Arsch aus dem Orchestergraben, ist kein Argument von zu weit hergeholt. Der Totentanz muss weitergehen im Mausoleum der vergessenen Künste – auch wenn niemand mehr kommt, um ihn anzuschauen. Wenn morgen das letzte Freibad geschlossen wird und die erste Schule in der eigenen Pisse ertrinkt, werdet ihr merken, dass der Koloraturgesang den Kindern am Arsch vorbeigeht. Andererseits: Kaum ein je geschriebenes Drama, kaum eine je komponierte Oper hat es verdient, in einer deutschen Kulturleichenhalle das letzte Mal aufgebahrt zu werden.

FIFTY SHADES OF GREY

Softporno für weibliche Klemmis

Vermöbeln sich jetzt eigentlich stinknormale deutsche Altrammler in ihren Boxspringbetten, muss Mutti Handschellen tragen, wenn Vattern ihr nach den Tagesthemen aufreitet, oder sind »Fifty Shades of Grey« nur ein SPD-Ortsverein von oben aus betrachtet? Ich mag gar nicht glauben, dass die gute alte Missionarsstellung, die der deutsche Mann sowohl über seinem MG 42 als auch über der Gattin einnimmt, dass diese alte Tante plötzlich nicht mehr allein selig macht. Kann man sich überhaupt den ausgelutschten Altpartner schönfoltern? Sadomaso im Reihenhaus, Golden Shower im Hobbykeller – untenrum verliert der Teutone anscheinend die Scheu vor dem Fremden. Nur obenrum will's noch nicht so richtig flutschen – im Kopf wohlgemerkt. Warum schreibt nicht mal jemand »Fifty Shades of Mankind«? Vielleicht gewöhnen sich die Abendlandsverteidiger dann sogar daran, dass fett und hässlich nicht automatisch für einen gebürtigen Deutschen spricht. Und wenn der Fummelfilm mit Anbindehaltung dafür sorgt, dass sich dem indigenen Fußpilzfarmer generell der Horizont erweitert, so hätte er schon mehr erreicht als jede politische Gutmannstat und selbstgerechte Empörung. Denn merke: Wer sich des Nachts von der eigenen Gattin an den Bettpfosten ketten lässt, der weiß die Freiheit erst recht zu schätzen. Doch eines lässt mich an der eigenen Hoffnung zweifeln: Was ist, wenn Buch und Film deshalb so erfolgreich sind, weil sich der konventionelle Standardwämser an den Perversionen anderer ergötzen möchte? Schon immer gehörten vermeintliche Abartigkeiten, gerade weil sie geächtet waren, zum heimlichen Repertoire der bürgerlichen Gesellschaft. Der Herr vergnügte sich auf dem Knabenstrich, schwängerte den Hofhund und die Magd, grad wie es ihm gefiel. Und nach außen hin schritt er Seit an Seit mit der welken Runzelqueen zum Diner. Die Doppelbödigkeit ließ die Menschen die Prüderie bürgerlichen Daseins überhaupt nur aushalten. Und jetzt, da diese steife Gesellschaft einer 80-millionenfachen Jogginghose gewichen ist, da erobert eine zusammengestoppelte Sadomaso-Schwarte nebst Film Kopf und Schlüpfer des normalen 08/15-Rammlers – ich mag es kaum glauben. Fifty Shades of Grey – but only five minutes to stay – so sieht's doch aus!

MIESEPETRIGER GOTTESSTAAT

Alles erlaubt, was keinen Spaß macht

Alle Welt ist voll des Lobes für unser tolles Land: Schleuserbanden stopfen ihre Seelenverkäufer noch voller, und die New York Times ruft schon das Deutsche Jahrhundert aus. Doch wie sieht es wirklich aus in Merkels Own Country, in dem die satte Zufriedenheit angeblich aus allen Ritzen trieft? Unmerklich verwandelte sich die lebensfrohe Arschloch-Republik eines Gerhard Schröder und Dieter Bohlen in den miesepetrigen Gottesstaat der Gegenwart. Dauernd entschuldigen sich Politiker oder Promis für irgendeine Nichtigkeit, um den Scheißesturm der anonymen Choleriker abzuwenden. Mal sitzen sie zu viert auf einem umgefallenen Buddha, oder eine ethnische Leichtlohngruppe fühlt sich mal wieder beleidigt, wenn sie schon sonst nichts zu bieten hat. Der ideale Schrumpfgermane des Ökozoikons wohnt in einem autofreien Passivhausghetto, überlegt aber, umzuziehen nach Halle-Süd, denn dort entsteht gerade die erste rauchfreie Wohnsiedlung Deutschlands, leider ist sie nicht mit dem Öffi aus Jena erreichbar, dort existieren nämlich bereits rauchfreie Bushaltestellen. Inmitten seiner zwangsbelüfteten Niedrigenergiehöhle hat Klein-Ökozausel aber auch so genug zu tun, um den Alltag spaßfrei zu gestalten: Der Kühlschrank mit der Energieeffizienzklasse A dreimal Plus will mit freilaufendem Fraß befüllt werden, vegan bis zur Bazille runter. Die Energiesparquecksilbersondermüllglaskolben bedampfen die Höhle mit den Lumen-Werten eines alten Fahrradrücklichts, und wenn sich der Höhlenzausel zwei Minuten lang nicht bewegt, trennt die Start-Stopp-Automatik das Haus vom Energieversorger. Der wiederum garantiert, dass nur guter Strom das Haus betritt, Frau Holle ist's, die mit ihrer Puste das Windrad dreht, und die liebe gute Sonne macht das Badewasser warm. Abends dann, wenn der Fahrradhelm kalt am Lenker hängt, hocken die Zausel am ausgeschalteten Fernsehgerät und diskutieren über Verteilungsgerechtigkeit, als wäre die Welt eine Taschengeldgruppe. Guck mal, Schatz, spricht dann Zausel-Bascha zum Zausel-Bernd, hier gibt's Hundefutter hergestellt in Deutschland nur mit Öko-Strom, total CO_2-neutral. Juchhu, macht es dann in beider Resthirne, wieder ist die Welt ein Stück weit nachhaltiger geworden.

SCHNELL ABGELIEBT

Die Verwesung der Wünsche

Aus manchen Paradiesen wurden wir schon vertrieben, keines lässt uns je wieder hinein. Eines der schönsten war das der Vorfreude auf Dinge, die man sich irgendwann würde leisten können. Wenn der Tag käme, an dem genug Geld angespart wäre, dann ginge man in das Geschäft, legte die Knete auf den Tresen des Hökers, und das ersehnte Ding würde einem endlich gehören: die Spiegelreflex, der unanständig teure Füllfederhalter, was auch immer. Freude und Besitzerstolz würden herrschen für alle Zeiten immerdar. Schön war die Zeit, heute regiert die ejaculatio praecox im Konsumverhalten: Jede Pestbeule kann sich alles kaufen, was sie sich wünscht, sofort und auf Kredit. Doch schon nach kurzer Zeit ist der gekaufte Wunsch »abgeliebt« – noch digitalere Kameras, noch smartere Smartphones krallen sich ständig als Wunsch im Hirn des Käufers fest, doch kurz nach deren Erwerb landet das abgeliebte Ding in der Ecke. Denn noch immer gilt die alte Weisheit: Die Verweildauer der Freude an einem Produkt ist genau so lang wie das Sehnen nach ihm zuvor. Je schneller ein Wunsch befriedigt wird, desto rascher vergeht der Spaß. Wer hat uns eigentlich die Vorfreude gestohlen, diesen Rest Kindheit, den wir noch in die Erwachsenenhölle hinübergerettet hatten? Es waren folgende Arschlöcher: Ratenkauf, Dispokredit und die generelle Vorläufigkeit aller produzierten Sachen. Kein Mensch spart noch auf irgendwas, sehnt sich gar nach Unerfüllbarem – warum auch, die Scheiße, die man uns heute als letzten Schrei andrehen möchte, ist doch schon morgen

Müll von vorgestern. Also schnell, schnell alles kaufen, sich einen kurzen Moment drüber freuen und ab in die Tonne mit dem Dreck. Noch so ehrgeizige Pläne der Müllvermeidung und Nachhaltigkeit scheitern an der simplen Tatsache, dass sich alle ständig neue Sachen kaufen können, wozu also das alte Geraffel reparieren, pflegen, wiederaufbereiten. Auch im sexuellen Geschäft gibt's ständig was Neues: Frauen aus dem Katalog oder Männer beim Ü-50-Sale von Elite-Partner, wer widmet sich da noch den Mühen eines Tanzkurses? Doch zuerst sind sie neu und interessant, aber auch der Bettgenosse respektive die -genossin ist ja recht schnell abgeliebt und muss durch was Gängigeres ersetzt werden.

STYROPOR

Vorreiter der Globalisierung

Deutschland hat der Welt nicht nur Beethovens Neunte geschenkt, sondern leider auch Modern Talking, nicht nur das Aspirin, sondern auch Styropor, neben Modern Talking die weltweit größte, von Deutschland ausgehende Umweltverschmutzung aller Zeiten. Als 1931 dem I.-G.-Farben-Konzern die technische Herstellung von Polystyrol gelang, war der Siegeszug der geschäumten Verpackungsflocke nicht mehr aufzuhalten: Die fernöstliche Spielkonsole, der heimische Geschirrspüler – alle sind sie in Styropor gefasst, wenn sie den Endverbraucher erreichen. Und packt dieser seine Konsumbeute aus, dann zerbricht das Polystyrolgebilde in tausend Teile, der Wind trägt es in alle Richtungen, und schließlich dümpelt die kleine Styrolflocke von der Flachglotzenverpackung aus Haldesleben am Strand von Tonga Tonga. Was uns weder mit Kaiser Wilhelms Flottenpolitik gelang noch mit Hitlers U-Boot-Waffe, eine kleine deutsche Styroporflocke hat's geschafft: Germany rules the waves. Auch wenn du zu den ent-

GRÜNE setzen sich bei Bundeswehrbeschaffung durch: Emissionsneutral holt der Gefreite seinen verwundeten Kameraden aus dem Schussfeld.

ferntesten Winkeln der Welt fliegst, zum Walegaffen ans Kap, zum Klimawandelwatching auf Kiribati – die Styroporflocke war schon vor dir da. Sie ist die erfolgreichste Botschafterin der Ersten Welt. Selbst wenn auf Osttimor der letzte Menschenfresser einen unverdaulichen Happen von Nachbars Oma in die Fluten spuckt, ist die Globalisierung auch schon bei ihm zu Gast: Da trudelt ein weißes Etwas auf der Gischt des Ozeans heran. Von weit her kommt das kleine Ding, einst umschloss es mit vielen seiner Geschwister einen Flachbildschirm aus Südkorea, reiste dann nach Bielefeld in ein Elektronikfachgeschäft, von dort zu Familie Pöppinghaus, um schließlich, von deren Wachtelhund zerfetzt, mit einer leichten Brise fortgeweht zu werden. Dreißig Kilometer entfernt nahm die Weser die weißen Flocken mit sich fort, trug sie über Bremerhaven, an Wangerooge vorbei hinaus ins offene Meer. Der ausgerotzte Knochen vom Antropophagen aus Osttimor wird niemals bis Bielefeld gelangen, nicht einmal bis Wangerooge. So geht's zu in der Welt der unausgeglichenen Kulturbilanz. Wir in Dschörmeni fegen freitags den Wald, und die Eingeborenen, wie wir sie damals nannten, als die Sprache noch unschuldig war, ersticken an unserem Müll. Kein Wunder, dass die da wegwollen.

IM LAND DER PLASTIKSPROSSENFENSTER

Selbstgewähltes Dasein hinter Gittern

Flieht man aus unserem real existierenden Gemeinwesen für ein paar Tage, gleich in welche Richtung, so fällt einem zuallererst auf, dass in Nichtdeutschland keine Windräder im Himmel herumfuchteln. Anderswo scheint man diese Form der Landschaftsbarbarei für keine gute Idee zu halten. Schaut man etwas genauer hin, so bemerkt man außerdem, dass es dort auch keine Plastiksprossenfenster gibt. Im Heimatland der ästhetischen Volltreffer gehören diese allerdings zum Standardrepertoire bekloppter Fassadengestaltung. Angefangen hatte es in den Achtzigern mit der Klinker simulierenden Eternitfassade. Die Plasteleiste in der Thermopane-Doppelverglasung machte die Gruselbude perfekt. Sie möchte altertümelnde Gemütlichkeit vortäuschen, zeugt aber mehr vom insgeheimen Wunsch der Insassen, hinter Gittern zu leben.

Der Schwindel mit den Pseudosprossen fällt dem vorbeihastenden Autofahrer vielleicht nicht auf, die Bewohner der Butze gucken jedoch täglich durch die Fake-Fenster und können so unendlich bescheuert wohl kaum sein, dass es ihnen entgeht. Es macht ihnen also entweder nichts aus, oder, noch schlimmer, sie finden die innenliegende Mogelleiste sogar besser als das Original, weil man trotz Sprossenoptik ganzflächig die Scheibe reinigen kann. Nun gab es schon zu allen Zeiten Beschiss-Architektur: Betonsäulen in Marmoroptik oder gefugten Sandstein auf glattflächigen Putz gemalt. Weil's von früher ist, wird der Fake heute sogar restauriert und als authentisch empfunden. Im Unterschied zur neuen Imitations-Architektur wollte jedoch das angepinselte Stadtschloss nichts anderes sein als ein Stadtschloss. Nur eben angepinselt, weil Steine in der Nähe nicht zur Verfügung standen. Den Eigenheimspacken heutigen Datums treibt etwas anderes um: Er möchte nicht er selbst sein. Die Plastesprossenhütte soll an eine alte Fischerkate erinnern, das gerumpelte Betonpflaster simuliert die Einfahrt zur Burg Schreckenstein, und die aus Epoxidharz und Steinmehl gegossenen Statuetten zaubern einen Hauch von Versailles in den handtuchgroßen Vorgarten. Bemerkenswert ist die historische und lokale Unentschiedenheit: Minifindlinge aus dem Gartencenter zeigen uns die Megalith-Kultur auf Meerschweinchen-Ebene, ein, wie nur für den Moment alleingelassener, Hakenpflug erzählt vom armen Felachen, der just zum Scheißen an den Nil entschwand, und mediterranes Rostgelumpe steht neben einem vermoderten Sorbenkajak, zugepflanzt mit Stinkprimeln. Es ist insgesamt eine dermaßen gruselige Geschichts- und Kulturklitterung, dass das Auge froh ist, am aufgeräumten Plastiksprossenfenster einen Moment innehalten zu dürfen. Und die Moral von der Geschicht: Nichts ist so hässlich, als dass sich nicht noch etwas fände, das ihm den Rang abliefe.

VERTIKALSCHOTTER

Zierde der Wüstenrot-Festung

Schwarzhäute rütteln am Außenzaun des Schengenraums, Immigranten schlurfen durch deutsche Wohngebiete, sieht so das Weltende aus? Der Deutsche igelt sich schon mal profilaktisch ein. Vor jedem zweiten Eigenheim steht seit kurzem eine Wand aus Vertikalschotter. Rückkehrer aus Afghanistan haben dieses schussfeste Dekoelement mit in die deutsche Heimat gebracht. Geschmacksbildend ist, wie so oft, die deutsche Autobahn: Kilometerlang türmen sich die Drahtkäfige mit Grauwacke und Basalt an der Adolfplatte. Unterbewusst grub sich im Autofahrerhirn so das Bild vom Zierschotter ein. Zu Hause in der Pendler-Favela angekommen, wälzte er sogleich den neuesten Baumarkt-

Prospekt. Und siehe da: Unter der bisher völlig unbekannten Produktbezeichnung »Gabione« konnte man bereits die chice Talibanhecke für den Privatgebrauch erstehen. Im Reklamebild fand sich auch gleich ein Serviervorschlag für die Installation des Schotterkäfigs: jeweils 1,80 Meter mal 1,80 Meter schussfester Steinkorb und dazwischen 40 cm Platz für eine Kirschlorbeerstaude. Dann sieht's nicht mehr so ganz nach Kunduz und A7 aus und hat zudem den Vorteil, dass man im Verteidigungsfall durch die Zweige des immergrünen Gewächses eine klitzekleine Haubitze schieben kann. Während sich der Eindringling an der Schotterwand die Zähne ausbeißt, brät ihm dessen Besitzer durchs Ziergebüsch ein Gummigeschoss auf die Schwarte mit südländischem Antlitz. So in etwa hat man sich wohl die verquere Psyche eines Vertikalschotter-Kunden vorzustellen. Ansonsten bleibt es mir unerklärlich, wieso jemand freiwillig Mineralgemisch in hässlichen Drahtkörben vor seinem Eigenheim auftürmt. Interessant wäre noch zu erfahren, ob Vatti am Wochenende seinen Genpool zu Schanzübungen abkommandiert und vielleicht in Ergänzung zur Gabionenfront einen Schützengraben hinterm Koniferenbeet ausheben lässt. Nun mag man diese neuerliche Geschmacksverirrung des Wüstenrot-Armisten eher belächeln denn bedrohlich finden, doch konnte man am selbstverunstalteten Wohneigentum des Germanen schon immer auf dessen Gesamtbefindlichkeit schließen. Der mediterrane Wahn mit Terrakottafröschen und polygonalem Betonpflaster zeugte einst von des Deutschen Sehnsucht nach romanischem Savoire-vivre. Die letzte Marotte, sich den Garten mit rostigem Gerümpel und halbverfaulten Eichenstubben vollzumüllen, war dem Erfolg der »Landlust« und ähnlichen eskapistischen Periodika zuzuschreiben. Was aber will uns der Vertikalschotter im Vorgarten sagen? Rüstet sich der Volkssturm zum letzten Gefecht? Versammelt sich das indigene Pack hinterm Pegida-Schutzwall? Oder sieht das einfach nur scheiße aus? Ich hoffe mal, zu unser aller Beruhigung, Letzteres wird es sein!

GOPRO, SELFIE UND DAS EGO

Blöde Fressen an alle rumgezeigt

Die Ausstattung der wandelnden Hirntoten mit Kommunikations-Hardware ist schon seit der Antike ein großes Übel. Vor mehr als tausend Jahren ritzte der Wikinger »Halfdan war hier« in die Brüstung der Hagia Sophia in Byzanz, was wohl kaum irgendjemand hernach interessiert haben dürfte. Wahrscheinlich haben aber schon die Cro-Magnon-Proleten die Höhle von Lascaux zugesaut. Weniger, um irgendeinem Jenseits-Willi zu huldigen, als vielmehr sich selbst ins Bild zu setzen. Heute heißen die Höhlen Youtube, Facebook und Konsorten. Sie allein wären bedeutungslos, hätte man den ästhetisch Unbeleckten nicht auch ein günstiges Werkzeug an die Hand gegeben. Für die sozialen Pestwerke ist es das eilig hingeknipste Smartphone-Bild von dem, was grad gefressen wurde, oder neuerdings schwer en vogue: das Selfie, was nichts anderes ist als ein besonders beschissenes Telefon-Foto von einer noch beschisseneren Fresse. Die Entsprechung im Bewegtbild sind die Filmchen der Knallköppe auf Youtube. Neben denen, die witzig sein sollen, regieren zwei Spielarten des gefilmten Schwachsinns den Kanal. In der einen schleichen die Schmalspur-Dokumentarfilmer um ein neuerworbenes Auto oder eine fette Ehefrau herum. Diese Drumrumlatscher-Videos sind moderne besitzanzeigende Markierungen und am ehesten verwandt mit dem Überallhingepisse mancher Rüden – seht her, ihr anderen Flachwichser, das hier gehört mir. Die zweite Kategorie der total erkenntnisbefreiten Filmchen verdankt ihre Existenz der Erfindung des mittlerweile Milliardär gewordenen Nick Woodman. Der bastelte sich für den geplanten Surf-Urlaub eine überall funktionierende Minikamera zurecht. Heute hängt die GoPro vor den Helmen der Skiläufer oder zwischen den Klöten fickender Nashörner, kurz: überall da, wo ungewohnte Perspektiven auf ein bekanntes Phänomen locken. Auch unserem Freund mit der faltenfreien Großhirnrinde ist dieses wundersame Instrument zugänglich gemacht worden, und er zögert keinen Moment, sich die GoPro an den Baumarkt-Scooter zu schrauben, um damit durch die Uckermark zu brabbeln. Endlose Sequenzen von zeitloser Eintönigkeit wären das Ergebnis, hätte der Westentaschen-Dokumentarist nicht das Mikro angeschaltet gelassen und dem an sich schon verkackten Streifen noch infernalisches Rauschen unterlegt. Ganz gewitzte Youtube-Ästheten greifen während der Post-Production ins CD-Regal und unterlegen ihren tollkühnen Ritt auf dem quermuschigen Mofaroller mit Survivors ewig gültiger Heldenhymne »Eye of the Tiger«. Spätestens ab da wartet man sehnsüchtig auf den Asteroiden, der diese Welt doch bald von ihrem Elend erlösen möge.

ICH WÄR SO GERN EIN GREIS

In der Verlängerung wird gefoult

Ich wäre so gern ein rüstiger Greis, dann interessierte mich die Zukunft einen Scheiß. Ich legte jeden Morgen auf dem Klo ein Ei, und wenn's mir gutging, auch mal zwei. Als alter Mann könnte ich endlich in Ruhe Auto fahren, denn ich wäre einer von denen, die mich früher immer zu Tode genervt hätten, würde es aber selbst gar nicht merken. Ich müsste nie wieder blinken, dürfte immer 42 fahren, und wenn die Ampel auf Grün spränge, schaute ich in der Betriebsanleitung nach, wo der erste Gang der Automatik sitzt. Alle hassten mich, und Kinder hielten Buntstiftzeichnungen mit einem Sarg darauf an die Scheiben von Muttis Porsche Cayenne. Doch ich, noch benebelt von der täglichen Drogenausgabe beim Kassenarzt, winkte den kleinen Rangen fröhlich zurück. Die Natur, weise wie sie ist, hat für das Alter einen Rückbau der Blitzmerker-Region im Großhirn vorgesehen. Hat man erst die 70 eingetütet, schaltet der Zentralrechner auf Eco-Modus – möglichst viele Gehirnzellen heil ins achte Jahrzehnt retten, das ist sein Begehr. Als Erste werden die Parzellen im Brägen brachgelegt, die für unsere Selbstkontrolle zuständig sind. Wozu sich auch noch beherrschen oder korrigieren? Das Untenrum-Business ist eh abgefrühstückt, Karriere machen wir auch nicht mehr, und was alle anderen von uns halten … Scheiß doch der Hund drauf. In dieser mitwandernden Wolke der Selbstgewissheit schlappen wir fortan durch die Welt, in der festen Überzeugung, wir würden noch genauso viel Durchblick besitzen wie damals, als wir voll im Saft standen. Damit auch ja kein

Zweifel aufkommt, dass wir noch dieselben sind, umgeben wir uns mit den Attributen der gereiften Jugend: Weibliche Gesichtsrosinen färben sich den grauen Mopp auf der Rübe blond, spitzbäuchige Männer tragen wieder Matte zum Cardigan von Ralph Lauren. So bummeln wir durch die Innenstädte, schnappen grinsend den berufstätigen Müttern den Parkplatz vor der Kita weg oder schauen uns am frühen Nachmittag beim Cabriohändler den neuen Hyundai Silver Ager an: mit Sitz-, Nacken-, Klöten- und Lenkradheizung.

Ist der Tag durchgetrödelt, schalten wir wie seit hundert Jahren um 20 Uhr die Tagesschau ein und freuen

»Kultiges Vintage-Hostel im Shabby-Look« stand im »Berlin-Info-Guide für European Hipsters«

uns, dass wieder mal ein paar Milliarden für die Rentner rausgehauen wurden.

HAB ICH SELBST GEMACHT

Marmelade als Kindersatz

Muss das denn sein? Mittlerweile können Roboter ein Herz verpflanzen und Chinesen sogar ein iPhone bauen. Warum fangen bei uns dann hochqualifizierte Erwachsene damit an, jeden verdammten Scheiß selbst mit der Hand zu machen? Die einen formen Seifenklötze, andere gießen Schokotafeln, Oma mixt aus Industriealkohol und Dosenerdbeeren einen fuseligen Aufgesetzten, der einem nicht nur die Schuhe auszieht. Besonders Produkte, die von der Industrie viel besser und günstiger produziert werden, reizen den Bastelgermanen zur Eigeninitiative. Da wird stundenlang an Socken rumgestrickt, die bei Tchibo für sechs Euro im Fünferpack zu beziehen sind. Aus Wachsresten und autark gezwiebelten Dochten werden neue überflüssige Kerzen gegossen. Und immer wieder werden Plätzchen gebacken, dieses krümelige, ekelig süße Kleingepäck, das im ganzen Jahr kein Mensch freiwillig kauft und frisst. Aber zur Weihnachtszeit steht Muttern stundenlang in der Küche am Herd und backt und backt und backt. Statt sich mit den Geheimnissen des Zahnriemenwechsels beim Familienkombi vertraut zu machen und sich so selbst zu verwirklichen, werden Plätzchen gebacken. Jahrzehnte währende Indoktrination durch Brigitte und Waltraut Woman oder wie auch immer die Kampfpostillen der Backpulverlobby heißen, hat man allen weiblichen Wesen eingetrichtert, Plätzchenbacken sei eine dolle Sache und Sockenstricken sowieso und mit eigenen Dekokreationen die Heimstatt zuzumüllen sei das Allergrößte. Kauft den Scheiß doch einfach fertig ein, es ist doch nichts als Voodoo zu glauben, im selbstausgestanzten Spritzgebäck sei auch ein Stück der Seele mit aufs Backblech gewandert. Wäre nach hundert Zimtsternen die Seele wenigstens aufgebraucht und man dürfte wieder Chips aus zertifizierter Industrieproduktion fressen – nein, es sind noch Makronen da. Und auch am Heiligen Abend werden in Hunderttausenden Familien wieder die hässlichsten, unsinnigsten und dilettantischsten Dinge unterm Tannenbaum überreicht mit den nach Lob heischenden Worten: »Hab ich selbst gemacht.« Ach du heilige Scheiße, denkt der Beschenkte mit gezwungenem Grinsen im Gesicht.

DAS GESINDEL

Das Zoon politikon und der Politiker-Zoo

An der Spitze dieses Staates steht eine Nomenklatura rückgratloser Funktionäre, die so viel Ehre im Leib haben wie der Bär keine Haare am Arsch. Im Folgenden kurz »Das Gesindel« genannt. Dort hackt keiner dem anderen ein Auge aus, man beugt und übertritt das Gesetz, ja, das Gesindel, das macht, was ihm gefällt, trallari trallahey, trallahoppsassa. Will man in den inneren Kreis der Spießgesellen vordringen, muss man oft jahrzehntelang den Rudelführern die Schnauze lecken und deren wirre Ansichten wiederkäuen. Ist man dann endlich oben angelangt, sind Überzeugung, Vernunft und Anstand irgendwo unterwegs weggefault. Das Gesindel unterteilt sich selbst in mehrere ideologisch aufmunitionierte Untereinheiten, um der Biomasse Pluralität vorzuschwindeln. Letztlich geht es aber nur um »Money for nothing and the chicks for free«: Um Karriere, Pensionen und darum, den eigenen kalten Arsch an der warmen Mutter zu reiben. Der ideologische Kommentkampf im Parlament dient lediglich der Volksbelustigung, verhindert aber die Auseinandersetzung mit tatsächlichen gesellschaftlichen Problemen. Warum sollten die auch gelöst werden, sind sie doch die Honigwaben, aus denen sich das Gesindel nährt. Noch viel prickelnder als der fundamentalistische Streit um Frauenquote und Hundeführerschein sind Scharmützel, die sich die Närrinnen und Narralesen selber ausgedacht haben: Es geht um Verrat und Menschenopfer: Der eine Verein will »Blut sehen«, der andere verlangt die »rückhaltlose Aufklärung«, fordert »Untersuchungsausschüsse« und was sonst noch an Theaterdonner in der Staatsoper üblich ist. Hat man dem Plebs das ganze Drama vorgespielt, liegen die einen tot auf dem Schlachtfeld und die anderen triumphieren im Schlussapplaus, dann fällt der Vorhang, und alle stehen wieder auf, denn es ist ja nur ein Spiel. Einige Verwundete wechseln zu einem DAX-Konzern, andere halten frech dotierte Vorträge oder machen einfach weiter wie bisher. In der Spielpause wird genau wie im richtigen Theater eine Zeitlang über die großen Probleme der Welt heftig diskutiert, weiß man doch, dass diese Gespräche endlich sind, denn bald geht's weiter auf der großen Bühne der Eitelkeiten. Vielleicht hat ein Kabinettskollege quergevögelt oder einen Rentner überfahren, sich Hühnerpornos aus dem Käfig heruntergeladen oder was auch immer das schlichte Gemüt des Volkes zu erzürnen imstande ist – jedenfalls wandern dann die Wichsvorlagen zur Energiewende zurück in den Schrank, und das Gesindel spielt auf zum neuen Schurkenstück. Applaus, Applaus!

DATENBRILLE

Unmissverständliche Aufforderung zur Gesichtsverletzung

Endlich gibt's ein unwiderlegbares Argument, jemandem die Fresse zu polieren – wenn eine Datenbrille dranhängt. Dieser neuerliche Angriff auf die Freiheit durch die Datenkrake Google schlägt alles bisher Dagewesene an digitalen Zumutungen. Einzige Hoffnung: Noch wird der Spion an der Schläfe nur von Leuten getragen, denen man ohnehin längst die Visage hätte polieren müssen. Er senkt somit nur die Hemmschwelle, die längst überfällige Verhaltenskorrektur einzuleiten. Was aber wird sein, wenn hübsche Frauen, Kinder oder Behinderte einen mit dem Google-Nasenfahrrad anstarren? Mag man denen auch noch beherzt eins in die Fratze semmeln – wohl kaum, deshalb bietet sich die ambulante Reaktion auf Dauer nicht wirklich an. Andererseits, auf den Gesetzgeber zu vertrauen ist weniger als das Pfeifen im Walde. Bis dieser kollektive Vollhorst auch nur ahnt, was so um ihn herum in der Welt geschieht, haben Google, Apple, NSA und sogar Pizza Hut schon heimlich den Genpool des Deutschen komplett entschlüsselt und festgestellt, dass wir zu

90 % vom Neandertaler abstammen. Die gute Nachricht daran: Wie dieser sterben wir aus. Wenn sich der Rest der Planeten-Trottel noch gegenseitig mit der Datenbrille bei Uncle Sam verpetzt, sind wir schon heim ins Reich zum Regenwurm gegangen. Weil's bis dahin aber noch 'ne Weile dauert, sollten wir uns schon ein paar Gedanken machen, wie man die Brillenschlangen effektiv bekämpft. Am äußersten Rand der Legalität bieten sich etliche Methoden an: zum Beispiel Pfefferspray mitten rein ins knipsende Antlitz. Will man die strafrechtlichen Konsequenzen etwas minimieren, tun's auch Sprühsahne und Montageschaum. Wenig Hoffnung, uns vor allgemeinem Ausspähen zu bewahren, sollte man in den Bundesnachrichtendienst setzen, der ist definitiv zu blöd. Warum haben wir aus dem DDR-Erbe eigentlich die Stasi nicht übernommen? Da war doch Weltniveau vorhanden. Mielkes Schnüffelbude plus Westtechnik, da hätten morgens um halb fünf zwei Männer mit Schäferhund am Weißen Haus geklingelt und Michelle gesagt, sie soll den Schlafanzug und 'ne Zahnbürste für Barack einpacken. Da dies nicht geschehen ist, muss sich der Bürger hier wohl selber helfen. Wenn man mit Laserpointern Flugzeuge vom Himmel holen kann, dann sollten die auch imstande sein, einige Verheerungen an der Datenbrille anzurichten – Kollateralschäden am Schläfenlappen ihres Trägers ausdrücklich und gerne hingenommen.

DER WOLF

Ein Migrant kackt ins Abendland

Der Wolf ist der Muslim unter den eingewanderten Tieren, obwohl er was gegen kleine Mädchen mit roten Kopftüchern hat.

Er schächtet wie dieser das Schaf unter freiem Himmel und bringt auch sonst zu viele eigene Gewohnheiten mit in unser friedliches Land der Selbstverarschung. Es musste erst der graue Räuber kommen, uns daran zu erinnern, dass wer Fleisch fressen will, auch Tiere abmurksen darf. Dabei hatten wir uns gerade so hübsch entfremdet. Wir wünschten uns den Landlust-Wolf, der pittoresk im Forst herumstreift und von den Trockerfutterspenden der Spaziergänger lebt. Bambi und Klopfer ließe er in Frieden, und herumtollende Rentner wären ihm die liebsten Spielkameraden. Zum Lohn für so viel Einsicht in die deutsche Konsensgesellschaft bejagten ihn auch die Grünröcke vorerst nicht. Lebte er dann einige Jahre unter uns, so sollte sich seine Geburtenrate allerdings dem demographischen Normalfall angepasst haben. Es geht ja nicht an, dass eine Wolfsfähe jährlich vier Junge in die Welt entlässt, während eine durchschnittliche Wolfsberaterin kaum 1,4 Welpen in ihrem ganzen Leben gebiert. Unser Zusammenleben mit dem Wolf soll eben nicht so enden wie das mit den Muslimen, wo nur noch Streit und Missverständnis über unterschiedliche Gebärfreudigkeit die Bestsellerliste regieren. Drum soll Kollege Isegrim beizeiten und gründlich integriert werden – und zwar ins deutsche Jagdrecht, dem erfolgreichsten System über das gedeihliche Zusammenleben in Gottes

Schöpfung. Wer nicht kuscheln will, wird abgeknallt – dagegen ist ja erst mal auch nichts zu sagen. Es könnte alles so schön geregelt werden, erinnerte den verhausschweinten Germanen der eingewanderte Wolf nicht auch an den verschütteten Eros seiner Existenz. Der wilde Fleischfresser aus dem Osten verkörpert den Zusammenhang von Schönheit und Gefahr. Wir dagegen vegetieren sehr kommod in der Wabe des Sozialstaates, werden nie mehr erwachsen, bleiben darin ständig eine fette Larve. Die Sehnsucht nach dem anderen, richtigen Leben ist aber noch nicht gänzlich erloschen. Auf den Wolf projizieren wir sie, und so wie fünfzig graue Schatten über die unschuldigen Lämmer auf der Wiese herfallen, möchte auch der Bürohengst abends seine angetraute Stute nehmen. Allein, beides wird nicht zusammen funktionieren: ficken wie ein Wolf und gleichzeitig Knuddeln mit Bambi. Drum reichen für unser Lebensgefühl statt echter Wölfe in den Wäldern ein paar Youtube-Videos mit attraktiven Wolfsberaterinnen in struppigen Schlüpfern.

FREIHEIT

Ein Wort mutiert zur hohlen Phrase

Für den Westen war es nur ein beschissenes Lied von Marius Müller-Westernhagen, für den Osten die glitzernde Welt hinterm Zaun: Freiheit! Der Zaun ist mittlerweile weg und Westernhagen dummerweise noch da. Außer in den Predigten von St. Joachim hat die Freiheit ihr Pathos etwas eingebüßt. Die normale bundesrepublikanische Fettkrampe scheißt doch auf Presse-, Versammlungs- und Meinungsfreiheit. Höchstens bei »Reisefreiheit« klingelt noch was. Ansonsten stellt sich das Freiheitsbedürfnis wie folgt dar: überall rauchen, auf der Autobahn 200 brettern, jeden Tag billiges Fleisch fressen, nix ausfüllen müssen, Bier saufen, sich auf Kreuzfahrtschiffen von Dunkelmenschen den Arsch nachtragen lassen und im Bulli an der Bundesstraße einen kurzen Abstecher nach Osteuropa machen. Sind diese »kleinbürgerlichen Freiheiten« garantiert, dann kann das Geschwurbel aus dem Grundgesetz getrost wieder einkassiert werden. Auch ein Zaun rings um unser Furziland wäre sicher wieder vermittelbar, als Anti-Einwanderungsschutzwall zum Beispiel, die moderne Version natürlich semipermeabel wie in der Regenjacke: Also wir sind der Schweiß und dürfen raus, die Migros sind der Regen und perlen außen an der Mauer ab. In alten, längst verstaubten Schriften heißt es: »Die Freiheit des Einzelnen hört da auf, wo die des anderen beginnt.« Romantische Scheiße! Heute geht das so: »Meine Freiheit hört da auf, wo der andere beginnt.« Deshalb muss der weg, umgesiedelt werden, nach 22 Uhr die Schnauze halten, jedenfalls als Lebewesen nicht groß in Erscheinung treten. Der andere, das ist die Hölle, so sieht's heute aus, und Freiheit ist da, wo der nicht ist. Das ist die Ideologie der linken Spur, und wenn seinerzeit nicht die DDR eingezäunt gewesen wäre, sondern Westdeutschland, dann hätten sich tausend BMWs vor die Grenze gestellt und so lange auf die Lichthupe gedrückt, bis es freie Fahrt für freie Bürger gegeben hätte. Basta!

Und warum wurde das nicht auf der Ostseite gemacht? Ab 1983 lief der Trabant doch sogar auf 12 Volt, und ab 84 gab's H4-Birnen. Ja! Und? Fünf Jahre den

Lichthupenschalter gesucht beim Trabi, oder was? Das ist derselbe wie fürs Fernlicht und geht natürlich nur bei ausgeschaltetem Hauptscheinwerfer. Na ja, ist egal, jetzt sind ja alle ausgewildert und wir ein freies Volk. Vielleicht können wir uns auch bald einen gemeinsamen Zaun drumrum leisten, dann mögen wir uns noch mehr als jetzt schon.

DER DEUTSCHE

Wir sind Europa

Er wohnt mitten in Europa, ist zugleich Kopf und Arsch des alten Kontinents und heißt »Der Deutsche«. Nur er selbst kennt sich unter diesem Namen, für die slawischen Völker ist er der Niemiecki, der Fremde – obwohl er da häufig spontan zu Besuch war. Franzmann und Iberer rufen ihn den Alleman, was ein hübscheres Wort ist für den Schwaben und seine anverwandte badische Brut. Unter den Welschen ist's nur der Italiener, der sich aufs Latein besinnt und uns Tedesco schimpft, was schon im alten Rom mehr oder weniger den »Doofkopp« meinte. Im angelsächsischen Raum hat sich merkwürdigerweise der »German« durchgesetzt, obwohl der Tommy doch selbst ein »German« ist, sich jedoch als »Brite« wähnt, was an sich eher der Name des Volkes ist, dem der Angelsachse den Kopf abschlug. Was soll dieser Griff in die Vorzeitkiste, wir nennen uns doch auch nicht »Schnurbandkeramiker«! Auf Inseln wohnen macht halt doof, hält aber die Tollwut fern, was ja immerhin etwas ist. Der Deutsche hingegen ist umringt von Feinden statt von Wasser, und die ärgsten sind jene, die mal selber Deutsche waren: Der Niederländer spricht noch heute so wie wir vor zwanzigtausend Jahren, als der Wohnwagen noch Fell trug und Mammut hieß. Im Süden haben wir den Schweizer, der spricht ein gänzlich unverständliches Idiom, das er unverschämterweise aber trotzdem Schwyzerdütsch nennt. Macht sich das Alpenmurmeltier mal allgemein verständlich, so heißt das bei ihm »Amtssprache« und nicht »Deutsch«, weil er sich schämt, zum selben Stamm zu gehören wie die Barbaren aus dem Norden. Rechts von ihm residiert noch so eine ethnische Rest-Warze, die heißt »Der Österreicher« und gehörte zweitausend Jahre zum Reich, wobei die letzten tausend nur sieben Jahre währten. Heute hat sich der Deutsche weitestgehend auf seine Stammlande zurückgezogen. Doch auch dort ist nicht alles eitel Sonnenschein: Germania est omnis divisa in partes tres, wie der Hase Caesar einst formulierte. Und zwar haben wir da erstens das normale Deutschland, dann noch das autonome Bajuwaren-Reservat und zum Schluss die Beitrittsgebiete aus der Ostkolonisation, was quasi Polen ist, unter linkselbischer Verwaltung. So lebt denn der Deutsche quietschvergnügt in seinem nationalen Schrumpfgebilde und hofft, dass die nächste Wiedervereinigung an ihm vorüberziehe. Doch was ist mit Siebenbürgen im Lande Draculas und des finsteren Maffays? Gehörte nicht auch Italien bis runter in die Stiefelspitze einst zum Staufferreich, und war das britische Empire nicht 150 Jahre lang ein Teil von Hannover samt einer Milliarde Inder, ganz Jamaika und St. Helena? So gesehen sind wir mit Europa und den dortigen Kaputten zurzeit noch ganz gut bedient.

LINKE GEGENKULTUR ADIEU!

Kurze Haare ja, aber ungepflegt müssen sie sein

Auto waschen war spießig, das Auto mit leeren Bierdosen und Fast-Food-Kartons zuzumüllen reichte hingegen schon, um sich als Angehöriger linker Gegenkultur auszuweisen. Doch es wird Zeit, langsam Abschied zu nehmen von der mülligen Folklore selbstgeglaubten Antikapitalismus. Es reicht eben nicht mehr, scheiße auszusehen, und schon wird einem die theoretische Durchdringung kapitalistischer Widersprüche geglaubt. Auch die Hochämter des linken Wir-Gefühls, Castortransport und Gorleben, sind verschwunden. Den Anfang vom Ende läutete Stuttgart 21 ein: Es war das Fest der Generation »Funktionsunterwäsche«. Immer wenn etwas zu Ende geht, dann bäumt es sich noch ein letztes Mal auf, wie jüngst bei der Straßenschlacht in Hamburg. Die Steinewerfer-Kultur aus dem letzten Jahrtausend trifft auf eine zunehmend genervte Bevölkerung, die ganz andere Sorgen hat als den Erhalt hässlicher Plattenbauten in St. Pauli. Trotzdem und gerade deswegen fällt dieser Streit so heftig aus, denn um nichts kämpft der Mensch so unerbittlich wie um ein aussichtsloses Ziel. Auch im Rechtbehalten geht es um Besitzstandswahrung. Seit vier Jahrzehnten hat ein großstädtisches Lumpenproletariat den Anspruch auf insgesamtes Bescheidwissen nicht nur über den Zustand der Gesellschaft, sondern auch über dessen Überwindung gepachtet. Das wurde vom Rest der Paarhufer so hingenommen, denn denen ging es um ein ungestörtes Dahinvegetieren zwischen Pauschalurlaub und Kotelettfressen. Sollen doch die Spinner mit den Kapuzen auf dem Kopp in kontrollierten Spinner-Areas wie dem Schanzenviertel oder Kreuzberg ihre Gladiatorenkämpfe austragen – was kümmert es Familie Schmidt in der LBS-Kolonie. Zudem kann man sich doch auch so schön aufregen, wenn die BILD-Zeitung die Ereignisse kleinhirngerecht aufbereitet. So dient – fast wie immer in der Geschichte – der Widerstand dem Establishment zu seiner Stabilisierung. Doch irgendwas hat sich geändert in der letzten Zeit: Beim Kotelett-Letztverwender liegen die Nerven blank: Ihm fault der Rentenanspruch, das Eigenheim frisst die Geldentwertung, und weil er

Erst nach dem Abriss des Kanzleramtes stellte man das ganze Ausmaß der Verkabelung durch fremde Geheimdienste fest.

die tatsächlich dafür Verantwortlichen weder intellektuell ausmachen noch packen kann, drischt er auf die Spinner am Rande ein. Adieu, linke Müllkultur – so doll war's nun auch wieder nicht.

TRAVEL-PUSSY

Im Handgepäck des Alleinbefriedigenden

Die Unterwegs-Muschi besteht aus selbstschließenden Kammern eines blau schimmernden Plastebeutels, der mit Wasser gefüllt dem eingeführten Wurm die Illusion einer wirklichen Frau liefert. Was wieder mal zeigt, dass, wer seinem Wurm folgt, oft danebenliegt. Unter dem Markennamen »Travel-Pussy« kann die wasserführende Masturbationshilfe in vielen Sanifair-Scheißhäusern an den Autobahnen günstig erworben werden. Achtzugeben bei der Vagina-Illusion ist lediglich darauf, dass sie für den Einmalgebrauch konstruiert wurde. Einer dezenten Entsorgungseinrichtung bedarf es allerdings nicht, da die benutzte Seemannsbraut so unscheinbar ist wie ein weggeworfener Gefrierbeutel. Anders als bei ihrem Pendant, dem Dildo, muss man auch keine Angst vor giftigen Weichmachern haben. Das mag daran liegen, dass die Reisevulva für das männliche Geschlecht entwickelt wurde, man naturgemäß mehr Wert auf Vermeidung von Gesundheitsrisiken legte. Seinen Ursprung hat der plastoline Abspermer denn auch nicht im menschlichen Sex an und für sich, sondern in der Viehzucht. Bei der künstlichen Besamung von Rind, Pferd und Schwein wird die künstliche Vagina in ein sogenanntes Phantom eingebaut. Erfolgt dann der Blindsprung – im Gegensatz zum Natursprung mit lebender Samenaufnahme –, entlädt sich das männliche Zuchttier in die angewärmte Einstülpung. Aus der Rinderzucht kennen wir auch noch das Phänomen des Untermannes. Dabei handelt es sich um einen gleichgeschlechtlichen, aber kastrierten Figuranten, dem von Helfern eine Art Rinder-Travel-Pussy aufgeschnallt wurde. Inwieweit dieses Verfahren auch im zwischenmännlichen Bereich auf deutschen Autobahnen praktiziert wird, entzieht sich meiner Kenntnis, vor allem aber auch meiner Neugier. Gleichfalls unbekannt ist mir, ob die Praktiken des Frauen-Ersatzverkehrs Gegenstand der Gender-Studies an deutschen Hochschulen sind oder wer sich um deren wissenschaftliche Aufarbeitung kümmert. So viel ist klar: Durch die Travel-Pussys in den Kondomautomaten ist die Welt wieder ein Stück weiblicher geworden – und das ist gut so. Neulich sah ich sogar einen Dildo im Schacht neben der Wurm-Reuse für Trucker. Wie schön, dachte ich: Im Doppelpack ein Angebot für Leute, die nur zugucken wollen.

VORNAMEN MIT HYPOTHEK

Chantalisierung mit Anspruch

Über lächerliche Vornamen für den Nachwuchs ist schon viel gelästert worden: All die Schackelines, Finn-Jasons und Schällßies haben schwer genug daran zu tragen. Und die Eltern gehören selbstredend vermöbelt, vorzugsweise vom eigenen Gezücht, falls dieses dazu intellektuell in der Lage ist. Genau hier steckt das Vorurteil: Ein Kevin wird kein Bundeskanzler, und Schantall kriegt nur 'nen Doofen ab. Die Zugehörigkeit zum Bodensatz des Prekariats ist festgemauert im Personalausweis. Doch wie sieht es eigentlich am anderen Ende des Wahnsinns aus? Nicht nur die Belämmerten aus den Stapelhütten waren auf der Suche nach einem außergewöhnlichen Namen für ihren Balg – und fielen dabei gehörig auf die Fresse –, auch der gepflegte Mittelstand gründelte nach dem Besonderen fürs Familienstammbuch. Den schlichten Finns, Tims und Toms aus den Niedrigenergiesiedlungen standen die Mehrsilber der Stadtvillen gegenüber: Maximilian, Sebastian und Katharina – je mehr Buchstaben, desto bedeutender das Menschlein –, hier nicht unähnlich dem Ansinnen der Prekarier. Und dann gibt es noch eine vierte Schule der Vornamenshypothek: Die Premium-Spätlese der im Fass gereiften Single-Malts: Naomi Adeline, Ildiko, Catiana oder gar Klythemnestra. Insbesondere Mädchen traf der Schicksalsschlag erlesener Vornamensprosa. Mittlerweile sind diese Ausgeburten elterlichen Rotwein-Abusus in die Jahre gekommen und stehen irgendwo im Erwachsenenleben herum. Bei so mancher Salome oder Zoe fragt man sich, ob eine Annegret nicht auch gereicht hätte, um dem armen Ding nicht vollends in die Zukunft zu scheißen. Nirgends wird der elterliche Anspruch an die Kinder, gefälligst etwas Besonderes aus sich zu machen, so ungeniert vorgetragen wie in der Namensvergabe. Was bleibt der kleinen Solveigk, die so gern Gerüstbäurin gelernt hätte, anderes übrig, als sich für Assyrisches Tanztheater an der Universität Vechta einzuschreiben. So treiben die Überfrachteten durch ihr Leben als arbeitsferne Bühnenbildner, Meeresbiologen und irgendwie Kreative, und wenn sie richtig Pech haben, dann tragen sie so bescheuerte Namen wie die Ochsenknecht-Blagen: Jimi Blue, Wilson Gonzales, Rocco Stark und Chayenne Savannah. Da hätte mit Sicherheit auch viermal Annegret gereicht. Wobei ich mich auf diesem Wege natürlich bei allen Annegrets entschuldige, denn die haben es nicht verdient, Ochsenknecht zu heißen.

LETZTE PRÄSENTE FÜR SIE UND IHN

Gutschein geht immer

Die Frau, besonders in ihrer empfindlichen Form als Ehegegner, wird fuchsteufelswild, wenn nicht genug Geschenke unterm Tannenbaum lagern. Dabei muss man jedoch höllisch aufpassen, dass sie trotz oder sogar wegen der milden Gaben nicht noch saurer wird. Ein Gutschein für Fettabsaugung – obwohl gut gemeint und wahrlich nicht falsch adressiert – ist völlig fehl am Platze. Heikel sind auch Kleidungsstücke: Kaufst du sie zu groß, ist sie stinkbeleidigt, weil du sie für ein fettes Monster hältst, kaufst du sie passend: dasselbe Resultat. Kaufst du sie zu klein, denkt sie, du hast sie an sich für deine Geliebte gekauft, aber im letzten Augenblick umentschieden. Also Finger weg. Ebenfalls tabu sind Haushaltsgeräte, bestätigen sie doch ihre Rolle als Küchensklave. Ein »Brigitte«-Abo kommt auch nicht in Frage, weil sie die trotzdem alle zwei Wochen, einem uralten Instinkt folgend, in den Einkaufswagen schmeißt und dich daheim zusammenscheißt, weil sie die »Brigitte« doppelt hat. Was also tun? Eine Reise?

Zusammen mit dir? Das ist kein Geschenk. Allein für sie? Dann denkt sie, du willst sie aus dem Haus haben, um mit deinen Kumpels die Wohnung zu verwüsten. Ein neues Duftwasser? Dann denkt sie, du willst, dass sie so riecht wie deine Geliebte und dir der monatliche Gattenritt leichter fällt. Was also bleibt? Nix schenken! Dann ist sie zwar auch beleidigt, aber du sparst 'ne Menge Geld. Und mit etwas Glück merkt sie sich das und schenkt auch dir nächstes Jahr nix: keine Socken, Schlipse und zu eng geschnittenen Hemden.

Der Mann dagegen als Geschenknehmer ist recht pflegeleicht: Bei drei Viertel der Vertikalpinkler geht auf jeden Fall Alkohol in ausreichender Menge. Wenn man sich als Frau beim Mann richtig einschleimen will, dann schenkt man ihm was fürs Auto, eine nackte Frau aus Plastik für die Hutablage, bei der der Kopf wackelt, oder einen Schaltknauf aus Kudu-Vorhautleder. Wenn du ihm so etwas schenkst als Weib, dann hält dein Mann dich plötzlich für ein Geschöpf derselben Spezies und nicht für so 'ne Art Riesennackthund. Das günstige und dabei schönste Geschenk für einen Mann ist aber ein Wochenende ohne Frau. Wenn du dir selber eine Reise nach Ibiza buchst, um mit deinen Freundinnen mal so richtig unter den örtlichen Bademeistern zu wildern, dann musst du das dem Hausbeschäler nur als sein freies Wochenende verkaufen. Der Mann an sich ist nämlich nicht der Hellste, und sobald sein Trieb nach Faulheit, Saufen und Rumferkeln angesprochen wird, schaltet das Großhirn sofort auf Stand-by. Auf einfache Weise kann man sich den eigenen Ehegatten so zum Freund machen und hat sogar noch Spaß dabei. Schöner geht's doch nicht!

NEUES AUS DEM SCHLAND-SHOP

Schwarzrotgoldener Pegidenkitsch

Ein ums andere Jahr muss man sich als Deutscher keine Gedanken machen, wie man den Sommer zu verbringen hat, denn es ist EM oder WM. Man darf ganz legal schon am helllichten Tag mit der Alko-Kameradschaft auf der Terrasse Weizenbiere schlenzen, dabei in seinem Gemächte ständig die Testikelanzahl gegenchecken und debil vor sich hin pöbeln: »Deutschland, ööhhrrrr.« Aber will man nicht zu den Pennern aus dem Sommermärchen oder der Vuvuzela–Epoche gehören, also noch mit eingeklemmtem Deutschland-Wimpel oder Rückspiegel-Pariser die WM begehen, muss man sich rechtzeitig im Schland-Shop nach den Must-haves erkundigen. Da hätten wir als absolutes Muss die schwarz-rot-goldene Rückenflosse, die durch extrastarke Magnete bis 180 km/h auf jedem tiefergelegten Opel Astra hält. Trägt die Gattin eine künstliche Hüfte und auch nicht das teure Keramikmodell, kann man ihr die Schlandflosse auch an den Arsch pappen. Dergestalt nachgerüstet, rudert das alte Standgebläse wie ein riesiger schwarzrotgoldener Koi-Karpfen durch die heimische Fahrgastzelle. Den zweiten Platz im Trikolorenshop eroberte sich der schwarzrotgüldene Morphsuit für 49,90. Den Zeitgeist-Analphabeten sei erkärt, dass es sich bei einem Morphsuit um ein Ganzkörperkondom handelt, das ausschließlich von Kreaturen getragen wird, die dermaßen einen an der Marmel haben, dass man deren Personalausweise an begabte Rhesusäffchen weiterreichen sollte. Schwer zu raten, wie nunmehr jene einzustufen sind, die einen Morphsuit in den

Schland-Farben überziehen. Was wollen sie damit verhüten? Einschläge von Geistesblitzen? Gegen derartig pompöse Patriotismus-Ausweise wirkt die Deutschland-Grillschürze geradezu schofelig. So wollen wir doch nicht vom Ausland gesehen werden, als Männer

Wehmütig blickten die Gänse dem abreisenden Stall nach – so viel war ihnen klar: Da braute sich was zusammen in puncto Lebenserwartung.

in Schürzen mit schwarzrotgoldenem Grillhandschuh – den schöbe man sich doch eher in den Allerwertesten, als sich damit zu einer Fußball glotzenden Männerrunde einzufinden. Dann schon eher den dreifarbigen Felgenüberzieher, wobei sichergestellt werden muss, dass jedem Hund, der daran sein Bein hebt, das verunglimpfende Fell rückwärts über den Pöter gezogen wird. Wer sich noch gar nicht entscheiden mag für den ein oder anderen Schland-Artikel, dem sei zum Einstieg MaxFux empfohlen, ein synthetischer Dreifarb-Fuchsschwanz für die Antenne oder, falls frivol gewünscht, an die eigene Latte geschraubt, wenn nach deutschem Kantersieg der Gattin aufgeritten werden darf.

PIAAC-TEST

MPU als Rasterfahndung

Der äußerst bescheidene Bildungsgrad unserer Nachzucht ist ja längst bekannt. Sind halt doof die Blagen, aber immerhin nicht mehr so viele wie früher. Jetzt stellt sich raus, dass auch die reiferen Jahrgänge im internationalen Vergleich übers Mittelmaß nicht hinauslangen. Prima abgerichtete Japaner brillieren nicht nur im Wesenstest, sondern auch im Rechnungswesen, und lesen können sie zudem noch besser als die Blödköppe hierzulande. Die japanische Schrift besteht aus drei parallelen Systemen, von denen allein das Kanji 40 000 Zeichen hat, von denen wiederum 3000 vom Schulabgänger zu beherrschen sind. Da erscheint es nicht gerade unverschämt, wenn man von dem indigenen Pöbel bei uns verlangt, die schlappen 26 Buchstaben des hiesigen Alphabets in Reih und Glied vortragen zu können. Ein Segen für den Deutschen, dass Huhn und Bonobo außerhalb der Bewertung laufen, sonst säh's noch finsterer aus. Unter den Europäern ist es allein der Finne, der die Fackel des Abendlandes emporhält. Das Schlusslicht weltweit bilden ausgerechnet die alten Kulturnationen Spanien und Italien. Dass dort niemand rechnen kann, das wussten wir spätestens seit der Eurokrise, aber beim Lesen scheint man auch nicht groß übers Buchstabenraten hinauszuwachsen. Woran liegt's, dass die Bevölkerung in fast ganz Europa und eben auch bei uns kulturell den Rückwärtsgang eingelegt hat? Nun, wer in den letzten Jahren das Pech hatte, eine Schule von innen zu sehen, der ahnt, dass in diesen Bunkern jegliche Neugier auf Bildung und Wissen so nachhaltig ausgerottet wird, dass der Erwachsene froh ist, die Knöpfe seiner Fernbedienung richtig ablesen zu können. Dazu passt auch, dass in kaum einem anderen Industrieland der Lehrer einen so erbärmlichen Ruf genießt wie in Dschörmeni. Vor diesem Hintergrund liest sich das ständig wiederholte Wahlkampf-Mantra, man müsse mehr Geld in die Bildung stecken, wie das, was es ist: undurchdachte Kinderkacke. Man kann auch iPads in den Schimpansenkäfig hängen, wer weiß, vielleicht kriegt Cheetah dann den Nobelpreis und bleibt sogar in Deutschland wohnen.

SPARGELFAHRT

Das Triple an der Schnitzelausgabe

Sobald der Rumäne die schmutzig-weißen Knüppel aus der Krume buddelt, hält es auch die vergnügungssüchtige Geronte nicht mehr am heimischen Mümmeltrog. »Da fahn wia mit, Mamma, und ob«, prusten 150

Kilo Altfleisch Richtung Kombüse, dort, wo das Geronten-Weibchen still vor sich hin ömmelt. In heller Aufregung wedelt Papa zeitgleich zu seiner Kampfansage mit einem Faltblatt von NB-Traumreisen durch die Luft. Wie in jedem Jahr zur Spargelzeit bietet dort der regionale Greisen-Event-Logistiker eine All-inclusive-Fahrt zu Europas größtem Spargelbauern an – vorbei an schmucken Schweinemastbetrieben und verträumten Biogasanlagen. Für 25 Euro erwartet den Gast neben der wunderschönen Busreise natürlich Spargel plus Schweineschnitzel und westfälischem Schinken, so weit die Darmzotte reicht, danach eine Führung durch die Spargelwaschanlage, ersatzweise drei Stück Buttercremetorte und eine Tasse echten Bohnenkaffees. Gegen 11.30 Uhr biegt der fliegende Alzheimer auf den Parkplatz des Spargelmästers ein. Beim Übergang vom klimatisierten Busabteil in die gleißende Hitze des geschotterten Parkplatzes purzeln die ersten Senioren und Seniorinnen ohnmächtig in den Staub. Die zwei Fastentage vor dem Fress-Event fordern ihren Blutzoll, nicht jeder angejahrte Kreislauf verträgt eine pulsierende Futteraufnahme – doch die größte Prüfung steht noch bevor: tabuloses Vollfressen am Buffet. Alte Hasen lassen sich hier gleich zwei Schnitzel auflegen, um das eine dezent in der Hand- oder Hosentasche verschwinden zu lassen – für zu Hause. Darauf gefasste Bedienkräfte pladdern die Sauce hollandaise deshalb auch übers Schnitzel, um so den ambulanten Verzehr der Panadeschwarte sicherzustellen – allerdings in der allzu oft irrigen Annahme, dass es die Fress-Geronte störte, wenn die eitrige Spargel-Couvertüre vorm Hosenlatz schwappt, wo man das Schnitzel gebunkert hat. Auch wenn im Preis der Nachschlag da capo ad infinitum inbegriffen ist, gucken die Servierkräfte etwas angeekelt, wenn Opa zum fünften Mal an der Schnitzelausgabestelle entlangschlappt. Schlaue Graufüchse färben sich rasch das schüttere Haar im Urin-Container und wackeln zum sechsten Mal an den Trog. Wer alles richtig macht an solch einem Tag, kann sich Mahlzeiten für 'ne ganze Woche ergaunern. Und wen beim gemopsten Schnitzel der muffige Geschmacksbeiwert nach alter Cordhose nicht sonderlich stört, für den ist die Kaperfahrt zum Spargelhof das Highlight des ganzen Frühlings.

TEERSTRASSENJOGGER

Mit Turboschlappen auf Schusters Rappen

Der Fitnesswahn gebiert manche Tat, die uns, die wir nicht von ihm befallen sind, recht befremdlich erscheint. So ist das Joggen, wie man den Dauerlauf mit teuren Schuhen nennt, schon an und für sich eher eine Schinderei denn Entspannung in freier Natur. Werden mit einer App gemessene Zeit und Puls sekündlich an die Follower gepostet, dann ist das geschundene Fleisch endgültig zur Maschine mutiert. Doch es geht noch bescheuerter: Hohepriester des durchgeknallten Dauerlaufs ist der Teerstraßenjogger. Er scheißt auf frische Luft und weichen Waldboden fürs Kniegelenk. Kilometer für Kilometer knechtet das ausgemergelte Gerippe an der Bundesstraße entlang, pumpt die Lungen voll mit Dieselruß und Stickoxyd, und wenn der Meniskus reißt, dann war er eben nicht hart genug für diese Welt. Die Sorge um den Erhalt der eigenen Gesundheit kann den Asphaltläufer also nicht umtreiben, aber was dann? Will er die vorbeirasenden Autofahrer demütigen: »Seht her, ihr Sesselfurzer, welch ein Held sich hier am Fahrbahnrand quält, während ihr mit euren Abgasen seine Nüstern verfurzt«? Mag sein, aber ist der Heldentod durch Lungenkrebs nicht ein zu hoher Preis für diesen kurzen Moment der Genugtuung? Und was haben diese Spinner eigentlich gegen ihre eigenen Kniegelenke, dass sie ihnen solche Torturen auferlegen? »Haha«, sagt da der Teerstraßenjogger, »es gibt doch Gel-Joggingschuhe, die den Mittelfußbereich perfekt stützen, jeden einzelnen Schritt effektiv dämpfen und dank des gepolsterten Knöchelbereichs einen besonders bequemen Tragekomfort garantieren.« Ach so! Und was ist mit den Schweißmauken, wenn man die Plaste-Latschen von den Hufen streift? »Performance-Sportschuhe mit Climat-Cool-Technologie, integrierten Mesh-Einsätzen und luftdurchlässiger Einlegesohle sorgen für das optimale Feuchtigkeitsmanagement.« Ist das noch ein Schuh oder schon eine Raumsonde? Es gibt sogar Langlaufpantinen, mit denen man die zurückgelegte Distanz, die Geschwindigkeit und den Kalorienverbrauch ermitteln kann. Warum nicht endlich auch Springerstiefel, die die Schlagzahl der Arschtritte und deren Eindringtiefe in die Opferpuperze an den Verfassungsschutz weiterleiten? Zurück zum Niederlaufmensch am Asphaltband: Selbst wenn der Bewegungsapparat durch Advanced-Foot-Technology geschützt ist, bleibt das Problem mit den Abgasen im Sog des dahinhechelnden Idioten. Und: Ich habe sie schon gesehen: Teerstraßenjogger, die mit Mundschutz neben der Vierspurigen dahintraben. Vielleicht warten sie auf den Erlöser, der sie endlich überfährt.

VERZICHT

So lügen wir uns die Prada-Tasche voll

Vegane Tofupampe und kein Jägerschnitzel, Strampel-Rad statt Pkw, Kuscheln, Kitzeln und dafür kein Sex – ist der Mensch überhaupt abwärtskompatibel? Kann einmal gekannte Lust einfach so per Dekret zurückgedreht werden? In den Medien wird Konsumverzicht gepredigt. Als gelänge es dadurch, den Planeten zu retten. Nebenbei wird die Marketingmaschinerie aber immer mehr verfeinert. Über jedes Konsumopfer, das sich einmal ins Internet vorgewagt hat, wird ein engmaschiges Datennetz aus Vorlieben und Kaufinteressen angelegt. Bald schon murmelt das Smartphone ungefragt die Sonderangebote vor sich hin, wenn wir an einem Erotikshop vorbeischlendern. Die Versuchung wird immer penetranter, und ausgerechnet jetzt soll Konsumverzicht ein Megatrend werden? – Als das Fahrrad nur ein Fahrrad war, hielt es Jahrzehnte und erlebte sogar Reifenwechsel aufgrund abgelaufenen Profils. Jetzt, da es zur idealisierten Pkw-Alternative heiliggesprochen wurde, ist es zum Mode- und Wegwerfartikel verkommen. Zweiradhersteller geben Frühjahrs- und Herbstkollektionen heraus, und das E-Bike verwandelt den alten Drahtesel endgültig in ein Zweieinhalbtausend-Euro-Produkt. Da blickt auch der eingefleischte Auto-Fan schon mal vom Prospekt hoch, wenn's was anderes Chices zu konsumieren gibt. Selbst auf den halbjährlichen Urlaubsflug an ferner Diktaturen Gestade kann schon mal verzichtet werden, wenn man sich dafür eine Umwandlung des eigenen Badezimmers in einen Wellness-Tempel gönnt. Und dem Herrn sei Dank bietet der

Zuffenhauser Mobilitätsgarant den Porsche Cayenne auch mit einem 550 PS starken Motor an – alles darunter darf nun mithin getrost als Verzicht verbucht werden. Selbst die elende Energiekasteiung, die uns der missgünstige Gesetzgeber ständig neu abverlangt, kann gelingen, wenn dem lüsternen Kleinhirn ein Ersatz dafür geboten wird. Geringer Verbrauch an fossilem Heizwert durch Gas und Öl? Schön und gut, aber nur solange wir stattdessen mit Mama und der Kettensäge sonnabends im Forst herumwüten dürfen. Wohnungstemperatur runterfahren auf 18 Grad und stattdessen einen Pullover tragen? Auch gut, aber erst, wenn es eine spezielle Indoor-Norweger-Kollektion von Yves Saint-Laurent oder Hermès geben wird. Den Fleischverzicht federn wir etwas ab durch glücklich abgemurkste Freilandschweine, und den unersättlichen Verbrauch von Billigklamotten kompensieren wir durch das gelegentliche Tragen eines Manufactum-Fummels aus vererbbarem Sackleinen. So wird Verzicht erträglich und zu einem Wachstumsgaranten der Konsumindustrie. Scheiße, was bin ich wieder pastoral, na ja, muss auch mal sein.

ARSCHLOCH 4.0

Mit der Blockwart-App auf dem Smartphone

Der Stinkstiefel der Zukunft ist ein vernetzter Stinkstiefel, denn Kommunikationstechnologie und mieser Charakter wachsen endlich zusammen. Arschloch Vier Punkt Null hat eine Anscheißer-App auf seinem

Arschphone, mit der er in drei, vier Schritten andere Mitinsassen beim Big Brother anschwärzen kann. Wie fortschrittlich ist das denn? Wir sind gar nicht mehr darauf angewiesen, von finsteren Mächten wie der NSA ausspioniert zu werden, nein, die zweibeinige Ratte von nebenan hat uns schon geknipst und den belastenden Datensatz an den Staatsapparat weitergesimst. Wie wunderbar: DDR Zwei Punkt Null, Nazi-Germany reloaded, oder wie soll man das nennen, wenn sich alle gegenseitig bei der Obrigkeit anschwärzen? Worin bestand noch mal der Unterschied zwischen einem totalitären und einem freien Staat? In der Art der Regierung? Auch, aber nicht nur! Es ist die Art, wie die Menschen sich zum Staat verhalten. In einem freien Land hat man sich gefälligst bei kleinlichen Übertretungen nicht gemeinzumachen mit der Exekutive. Gut, wenn der Nachbar seine Gattin schächtet und hernach in Beton verrührt, da darf es schon mal ein Anruf bei den Berittenen sein. Aber doch bitte nicht Falschparker mit dem Eierphone knipsen und an den Staat verpfeifen. Kann ja sein, dass tatsächlich alleinerziehende Radler und Radlerinnen auf zugeparkten Radwegen mal kein Durchkommen fanden. Na und, gerade der »Biker« sollte sich in Sachen Gesetzesübertretung etwas bedeckt halten. Was ihn vor ständiger Strafverfolgung rettet, ist weder sein internalisiertes Gutmenschen-Abo noch sein Glaube an Recht und Ordnung – es ist die schlichte Tatsache, dass er kein Kennzeichen am Arsch des Rades trägt, um artgerecht verpetzt zu werden. Aber warte, warte nur ein Weilchen, dann kommt Kollege Blockwart auch zu dir, dann gibt's 'ne App mit biometrischer Hinterkopferkennung, und der Desperado mit dem Single-Speed-Bike zahlt für den abgetretenen Rückspiegel. Wenn endlich Waffengleichheit herrscht im sogenannten Zivilleben, dann lohnt es sich für Rabenvater Staat, auch ein Punktekonto nicht nur fürs Betragen im Straßenverkehr einzurichten. Juchu, Flensburg ist für alle da! Zu laut den Rasen gemäht, den Hund aufs Trottoir scheißen lassen, 'ne Kippe im U-Bahn-Eingang ausgedrückt, oder – oh Schreck – das alufolienkaschierende Schokoriegel-Einwickelpapier aus Unkenntnis der französischen Sprache nicht im Entsorgungsschacht »Emballage« eingeworfen, sondern in den von »Papier«: Punktekonto voll, ab zum Idiotentest; tausend Euro Strafe und draußen vor der Tür 'nen Maulkorb tragen, der das Rauchen verhindert. Bravo, ich freu mich schon ganz doll auf diese Zukunft.

DOPPELT DOOF

Schimmel auf der Großhirnrinde erzeugt Schaum vorm Mund

»Doof geboren und nichts dazugelernt«, spottete einst der Kindermund. Doppelt doof, geht das überhaupt, oder anders gefragt: Reicht das nicht schon einmal völlig aus? Heutzutage sind große Teile der Bevölkerung erstmals in der Lage, durch den erleichterten Zugang zu Wissen und Information noch vernagelter zu werden. Über Jahrhunderte galt die Bibliothek als der Schrein der Weisheit, hier war versammelt, was die Menschheit über sich und das Universum rausgekriegt hatte. Und wer Zugang zu diesen Schatzkammern hatte, der nahm am weltweiten Diskurs teil, wenn auch zumeist nur als Rezipient. Und das war der große Vorteil der klassischen Bibliothek: Nicht jeder konnte seine kruden Gedanken zwischen Buchdeckeln raushauen, nicht jedes gedruckte Stück Mist fand den Weg ins Regal. Befrachtet mit der Umständlichkeit einer Druckveröffentlichung und mindestens zweimal gefiltert, blieb der größte Schwachsinn zumeist vor der Tür. Es kam hinzu: Kein Buch ist

In den Anhänger krabbeln, Plane dichtzurren und 'ne dicke Zigarre wegpaffen – danach wird jeder zum Nichtraucher.

in der Lage, sich nur mit seinesgleichen zu verlinken, denn daneben im Regal gleich auf Augenhöhe wird womöglich etwas ganz anderes stehen. Im Netz hingegen kann man sich allein auf den ausgetretenen Pfaden der zunehmenden Verblödung bewegen und unterliegt dabei auch noch der Illusion, mehr vom selben sei eine

Erweiterung des Horizontes – insofern geht »doppelt doof« heute. Auch darauf wusste der Kindermund schon vor langer Zeit eine Antwort: »Doof bleibt doof, da helfen keine Pillen.« Auch keins mit der ungehobelten Dachlatte auf den Illusionsspeicher, aber was dann? Ich fürchte mal: nichts! In der Vergangenheit war mehr Bildung der Schlüssel zum kritischen Denken, heute bildet sich zuerst Schimmel auf der Großhirnrinde und danach Schaum vorm Mund. Gefangen im Zirkelschluss der sich selbst bestätigenden Zusatzinformation entstehen Verschwörungstheorien fast wie von selbst. Wenn dann auch noch, wie im Internet, jedes blöde Schwein unter falschem Namen seinen Senf verbreiten kann, wäre es geradezu ein Wunder, wenn ausgerechnet aus dieser Meinungsdeponie etwas anderes als giftige Abwässer herausflössen. Mein Lieblingsspruch aus Dresden lautet: Ich glaube nicht den Politikern, ich glaube an meine eigene Meinung. Das ist doppelt doof, denn erstens bedeutet glauben etwas nicht zu wissen, und zweitens ist eine Meinung kein Argument. Anders als in der Mathematik ergibt hier zweimal Minus nicht Plus.

DEUTSCHE MUFFEREPUBLIK

Heil Fahrradhelm

Die Jugend fürchtet sich vor nix, schmeißt das Leben weg für 'nen Appel und ein Ei: S-Bahn-Surfen oder Komasaufen – Hauptsache, das Adrenalin schießt in die teilausgebauten Schläfenlappen. Früher, als es noch Nachwuchsstinker in Hülle und Fülle gab, hatte das selbstgewählte Zehnten unter den Pickelfressen durchaus Sinn und Verstand. Bei der heutigen Nachschublage im Wochenbett sollte schon darauf geachtet werden, dass nicht alle Idioten mutwillig dem Gevatter Tod auf die Schippe springen. Es gibt auch so schon genug Geronten. Jeden Tag steigt die Lebenserwartung in Deutschland um fünf Stunden, und mit zunehmender Edelfäule der Jahrgänge wächst die Muffe vor allem und jedem, siehe die Politik gewordene Paralyse namens Große Koalition. Der Zitterrochen klammert sich an sein kleines Stück Restleben und fürchtet jede noch so kleine Turbulenz. An sich könnte es ihm ja scheißegal sein, ob Flugpisten verlängert und Wälder abgeholzt werden, ob das Klima sich verändert oder eine Milliarde Roma in die Krankenkassen einwandern – sein Leben wird es kaum noch beeinträchtigen. Die Angst aber trägt einen Fahrradhelm, und in einem Feldzug der Prävention soll unsere Rentenrepublik abgeschottet werden gegen alle Fährnisse dieser Welt. Die Schmachtlappen aus Übersee mögen bitte in ihren Elendsquartieren verweilen, bis ein Höherer sich ihrer erbarmt, und das Klima soll auch so bleiben, wie es immer war. Der Geronten-Staat mit seiner allumfassenden Angst vor Veränderung gebar so scheinbar unterschiedliche Phänomene wie die »Nachhaltigkeit« und die »Fremdenfeindlichkeit«. Bitte, bitte nicht Schöpfung und Sozialstaat kaputtmachen. Schönstes Bespiel eines deutschen Muffe-Tornados aber war die Hysterie vor dem letzten Orkan. In vorauseilender Umgeblasenheit schloss der öffentliche Sektor seine Pforten: Schulen, Universitäten, Theater und Behörden, kurz alle, die nicht täglich ihr Geld verdienen müssen, blieben mit dem Arsch zu Hause an der Heizung sitzen. Selbstredend nutzte auch die Bahn sofort die Gelegenheit, um im Windschatten des

Orkans via Zugausfall ein paar hunderttausend Überstunden abzubauen. Unterfüttert wurde die Hysterie durch Heerscharen von Medien-Aliens, die noch aus jedem überfluteten Bürgersteig einen Tsunami formten. Nachtwachen in Zeitungsredaktionen und Funkhäusern berichteten vom Krieg der Welten. Dabei hatte NUR ein zugegeben heftiger Sturm letztlich das Funktionieren unseres Küstenschutzes unter Beweis gestellt. Wo soll das noch enden, wenn erst die Hälfte der Bevölkerung über 70 ist und die German Angst komplett regiert? Gibt's dann Katastrophenwarnung bei Nieselregen und Ausgehverbot, wenn der Mond am Himmel steht? Hat ein alterndes Volk erst mal die Hosen voll, dann schaltet es nicht nur die Atommeiler ab, sondern pisst sich sogar weit im Binnenland den Schlüpfer ein, wenn auf Sylt ein Sandsack umfällt. Heil Fahrradhelm!

DISTANZ

Gegen die moralische Unschuldsvermutung

Heute schon distanziert? Wo man sich früher eilfertig solidarisierte, mit den Schlecker-Frauen oder den Käfighennen, scheißegal, kost ja nix, wird sich heute distanziert, kost auch nix. Unterlag die Solidarisiererei einem kollektiven Zwang in Kreisen, die man selber ohne Not gewählt hatte, sagen wir mal »Antifaschistische Stillgruppe Freies Wendland«, so kreist der Distanzierhammer vor allem über ethnischen oder religiösen Gruppen, ohne dass deren zumeist unfreiwilligen Mitglieder etwas dafür können.

Stand deine Wiege einst im Morgenland, oder nur die von Opa oder Oma, dann wirst du hierzulande dauernd als Muslima oder Muslimo eingetütet, selbst wenn dir Mohammeds Ratgeber-Literatur am aufgeklärten Arsch vorbeigeht. In Folge darfst du dich täglich von islamistischen Idioten distanzieren, die irgendwo auf der Welt Menschen umbringen. Warum eigentlich? Hast du das Pech, als Mann geboren zu sein, und kannst keinen Termin für eine Transgender-OP vorzeigen, dann musst du gebührend Distanz wahren zu allem, was nach Altherrenwitz und Schwanzismus riecht. Hast du mithin das doppelte Pech und fristest dein Dasein als Mann mit orientalischen Wurzeln, kommst du aus der Distanziererei nicht mehr raus. Aber irgendwann hast du keine Lust mehr, dir die Eier bis zur Bauchhöhle zu rasieren. So führt der Distanzierdruck nicht selten erst zu der von ihm unterstellten Rolle. Zugegeben, es ist viel verlangt, andere Artgenossen nicht zu kategorisieren, denn woher Zeit und Ehrgeiz nehmen, jeden zweibeinigen Stinker bis ins Innere seines Gemütes auszuloten? Als altes Beutetier aus dem Holozän sind wir gewohnt, schnelle Entscheidungen über andere Lebewesen in unserer Umgebung zu treffen. Es ist groß, gelb und kommt auf uns zu: Das war damals eben nicht der Postbote, sondern stets der Löwe. Drum reichen uns auch heute zwei, drei Merkmale, um ein schnelles Urteil zu fällen: Es ist viel, schwarz und kommt auf uns zu, klingt für die meisten eben auch nicht nach einem Betriebsausflug von Schornsteinfegern. Damit wir uns aber nicht die Mühe machen müssen, die Urteile unseres eigenen moralischen Schnellgerichts zu relativieren, verlangen wir spaßeshalber von allen Verdächtigen eine Vorab-Distanzierung. Wie viel die dann wert ist, sei mal dahingestellt. Zumindest erwärmt es nicht den so

Vorverurteilten in seiner Zuneigung für unsere Gesellschaft. Aber was soll man machen: Solange sich nicht alle Griechen von Korruption und Steuerbetrug distanzieren, sollen sie halt selber sehen, wie sie die gute alte Ouzoplatte wieder heile kriegen – ist doch wahr!

DIE BRATWURSTBUDE

Keimzelle der deutschen Dienstleistungsgesellschaft

Gibt es einen schöneren Ort, um die Gewissheit zu vertiefen, welch erbärmlicher Erdenwurm man doch ist, als eine deutsche Bratwurstbude? Sie ist die Metapher aller Sinnlosigkeit menschlichen Bemühens, sie unterscheidet nicht zwischen arm und reich, nicht zwischen schön und verwarzt, sie behandelt jeden Menschen gleich scheiße. Lenin, der Erfinder der zweitbescheuertsten Form des menschlichen Zusammenlebens, nahm sich einst die deutsche Bratwurstbude als Vorbild für die Idee des Kommunismus: Es ist an sich genug da, trotzdem muss jeder auf Zuteilung warten, oft jahrelang.

Während andere Nationen ihre Straßenschnellgerichte über EINE Theke nach draußen reichen, gleich, ob Crêpes, Döner oder Pizza, haben die Bratwurst-Logistiker das teuflische Rondell erfunden. Eine zertifizierte teutonische Rostbratwurstausgabestelle hat mindestens vier, wenn nicht gar sechs Seiten, und an jeder kann prinzipiell das Produkt erworben werden – prinzipiell. Doch die Wirklichkeit sieht anders aus: Üblich ist es zum Beispiel, eine Seite gar nicht zu versorgen, auch wenn sich die Kundschaft dort die Seele aus dem Leib schreit. So lernt der Deutsche beizeiten die Demut vor dem Ausgabeschalter gleich welcher Art. Selbst am menügesteuerten Fahrkartenautomaten, der ja nur über eine Ausgabeseite verfügt, schreit der Deutsche nicht rum, sondern wartet voller Ergebenheit, bis sich der darin wohnende Algorithmus seiner erbarmt. All das hat er von der Bratwurstbude gelernt. Ihr Prinzip ist so einfach wie undurchschaubar: Nie sind Willkür und Verlorensein so eindrucksvoll in zehn Quadratmeter gegossen worden. Die Bratwurstbude an sich besteht aus zwei Welten: die der Bettler da draußen und die der Wurst-Kapos im inneren Kreis. Wie und wann beide im Akt der Wurstübergabe zueinanderfinden, dafür gibt es keine Regeln, keine Vorhersagen, kein Garnichts. Wohl kann ein Computer jeden Schachspieler der Welt schlagen, aber nie wird er in der Lage sein, verlässlich und vorhersagegenau eine Bratwurst zu bestellen. Und wenn die ganze Welt voll iPhones wäre, so gäbe es darin keine App, die mir sagte, wann ich endlich zuteilungsreif bin im Angesicht der schwitzenden Grillknechte.

Dies, liebe Freunde, ist darum die Geschichte einer alltäglich drohenden Niederlage, wie sie jeden von uns ereilen kann. Doch so viel darf schon verraten werden: Es gibt ein Happy End.

»Ein Sonntagnachmittag zum Söhnezeugen«, hätten unsere Väter gesagt, in der guten alten Zeit vor der Geschlechterwende. Die Sonne scheint, die Scheißhausfliegen summen ihr ewig gleiches Lied, und von ferne weht pawlowsche Blasmusik heran. Wenn auf verbeulten Messingeimern schräg und laut »Schützenliesel« gespielt wird, dann bildet sich auf meiner geistigen Zunge der Geschmack von Bratwurst. Ich kann rein gar nichts dagegen unternehmen. Ich glaube sogar, dass die Blechbüchsenmusik ihr Überleben allein der archaischen Verbindung mit dem Bratwurstgeruch verdankt.

Wie ein Steppenbrand wütet die virtuelle Bratwurst alsbald in meinem Hirn, alle Sinne brennen lichterloh: Ich sehe sie, ich höre das Zischen des heruntertropfenden Fetts auf glühender Kohle, ich spüre die Hitze des Grillfeuers in meinem Gesicht, ich rieche den gerösteten Schafdarm, ich schmecke nichts als BRATWURST: Ich muss jetzt SOFORT eine essen.

Aufs Fahrrad schwingen und zum Schützenplatz eilen sind eine einzige Bewegung. Da ist sie, die Mutter aller Köstlichkeiten, verheißungsvoll steigt unter blauer Plane der Holzkohlenrauch empor. Drinnen zirpen vier, fünf Grillfachkräfte andächtig vor sich hin und bilden zusammen ein neues Wesen, bestehend nur aus Rücken. Jeder kennt dieses Bild von tibetanischen Moschusochsen, die ihre Kälber in der Mitte schützen wollen, nur hier ist es andersherum: mit dem stinkigen Arsch zum Publikum und nicht zur Mitte. Keiner weiß, was dort in der Mitte geschieht, sicher ist nur, da steht die heiße Esse, aber es können doch unmöglich fünf Leute damit beschäftigt sein, die Rohlinge über der Glut zu wenden. Spricht die Grillgruppe dort zusammen ein Gebet, ist es eine Schweigeminute für die Schweine, die ihr Leben hingaben für die Wurst?

Bei näherem Hinsehen entdeckt man, dass einer der Andächtigen eine große hölzerne Zange in der Hand hält und jeder der anderen ein Stück Pappe. Niemand bewegt sich. Ein schönes Bild des Friedens, wäre da nicht der pawlowsche Teufel im Hirn, den es nach Fleisch gelüstet.

Den anderen rund ums Rondell geht es anscheinend ähnlich, denn schließlich durchbricht eine zarte Eunu-

Das alte analoge Postamt hatte längst ausgedient, doch schon zwei Tage nach dem Abriss stand der barrierefreie »Deutsche Post Delivery Service Point«.

chenstimme die Stille: »Hier kommt eine Brat.« Was sonst?, sagen die Blicke, die töten könnten, von Seiten der Nachfrage-Konkurrenten. Aber als hätte das dünne Stimmchen eine Lawine losgetreten, geht jetzt das Geschrei von allen Seiten los:

»Eine Brat hierhin, Chefin!«

»Für mich zwei Brat auf eine Pappe.«

»Vier Schinkengriller, zwei Brat und 'ne Curry, Frollein!«

»Eine Brat!«

»Die Zigeuner geht mit Pommes dabei!«

»Zwo Käsegriller!«

»Eine Brat!«

»Die Krakauer, kann ich die zum Mitnehmen kriegen?«

»Die drei, die sind hier, Chefin.«

»Die dunkle hätt ich gern.«

»Eine Brat!«

»Chefin, statt den Schinkengriller doch lieber 'ne einfache Brat!«

»Mit Mayo, die Pommes.«

»Der Senf is alle, Chefin.«

»Ohne Brot, nur 'ne Brat!«

»Zweimal einmal 'ne Krakauer, Meister!«

»Eine Brat!«

Die Kakophonie steigert sich in ein ohrenbetäubendes Crescendo, aber keiner der Sänger durchbricht den Panzer der Moschusochsen am Rost. Erst als es scheint, alle hätten schon aufgegeben, dreht sich einer um und sagt den magischen Satz.

»Wer bekommt die Brat?«

Abertausende Finger durchbohren den Qualm unterm Zeltdach der Hütte, und aus abertausenden Kehlen ruft es:

»Ich bin die Brat!«

Aber es kann nur einen geben, der sie bekommt. Und es ist der Unwürdigste unter den Kunden, ein hutzelig Männlein, das nicht einmal am vorherigen Schreiwettbewerb teilgenommen hat. Humorlos stellt der Moschusochse ihm den vorbildlich durchgebräunten Riemen vor den Bauch. Abertausende Blicke sagen nur: »Hass!«

Als nähme er am Wettbewerb um zynische Sprüche teil, bellt der Grillochse in die Runde:

»Bekommt noch jemand eine Brat?«

Welch eine Frage: Alle dreißig Opfer, die hier um den Kraal versammelt sind und denen der Geifer aus den Mundwinkeln tropft, wollen nichts weiter als leiden und getreten werden, oder was?

Jetzt bloß nichts Falsches sagen, nur nicht auffallen. Es sind diese Sekunden, die über das Schicksal entscheiden. Ein verstohlener Blick hat mir verraten, dass maximal zwölf durchgebräunte Premiumwürste auf dem Rost liegen, es aber mindestens zwanzig Interessenten gibt. Selbstredend haben die Grill-Kapos keine weiteren Rohlinge aufgelegt, solange noch nicht alle durchgebratenen Würste verkauft sind. So etwas wie antizipierende Käufernachfrage kennt der normale deutsche Bratbulle nicht.

Da ist er sich übrigens einig mit dem Kollegen aus der Bierbude, dem ja auch der Marketingbegriff »Vorzapfen« nie beigebracht wurde. Um den Abverkauf von Bieren möglichst nervtötend zu gestalten, gilt das Prinzip »alles aus einer Hand«: Glas nehmen, zapfen, warten, bis der Schaum sich etwas verflüchtigt hat, neu zapfen, wieder warten, das ganze vier-, fünfmal, mit dem Bier in der Hand doof in die Runde glotzen, weil man über die vergangenen zehn Minuten vergessen hat, wer es bestellt hat, dann zu irgendeinem anderen hinschlappen, Bier abstellen, Fünfzigeuroschein nehmen, fragen, ob er's nicht kleiner hat, abwarten, bis der Angesprochene seine sämtliche Barschaft durchgeflöht hat, um schließlich zu sagen: »Tut mir leid, hab's nicht kleiner«, zur Kasse wanken, warten, bis der andere Zapflurch seine Siffgriffel aus der Kleingeldlade genommen hat, passendes Wechselgeld zusammensuchen, doof in die Runde glotzen, irgendjemandem 48,20 hinknallen, wieder doof in die Runde gucken und »Nur keine Hektik« brüllen.

So in etwa läuft's an der Bierausgabestelle. Die unterscheidet sich allerdings vom Bratschalter, da Bier ja keine Halbfertigware ist wie die Wurst und an sich rasend schnell verteilt werden könnte – jaja, an sich.

Zurück zur alles entscheidenden Sekunde an der Schmurgelbude: Um einer von den zwölf Jüngern am Mittagsmahl des Herrn zu werden, die eine Wurst aus der durchgebräunten Charge bekommen, muss man jetzt genau das Richtige sagen. Völlig falsch: »He Chefin, wird's bald, ich warte hier schon eine halbe Stunde.« Das habe ich einmal getan und mir die Antwort abgeholt: »Kauf dir doch selber 'ne Bratwurstbude, du Arschloch.« Seither bin ich vorsichtig. Auch der Klassiker »Hier kommt 'ne Brat« führt zu nichts. Mein Bestelltipp, und den verrate ich hier nur sehr ungern, lautet: ohne zu schleimen, sich ganz sachlich leicht vornüberbeugen und in freundlichem Ton folgenden Satz formulieren: »Entschuldigung, ich hatte die fünf Bratwürste auf einer Pappe bestellt.« Da wird selbst eine abgebrühte Grillette schwach: Fünf auf einmal verticken? Ein scheuer Blick auf die Multiplikationstabelle am Pfosten »das kleine Einmaleins mit 1,80«, macht neun Euro, nur einmal hinlatschen, nur eine Pappe, ein Euro Trinkgeld. Zack, die Sache ist entschieden! Die schwitzende Bratmamsell stellt mir fünf herrlich durchgebräunte Würste hin, kassiert den Zehner (»Rest für Sie«), ich werfe die oberen beiden sofort in den Abfallbehälter, da das feiste Grillfrollein dort ausgiebigst mit den Fuddel-Fingern rumgefuhrwerkt hat und ich gesehen hatte, wo die vorher waren. Bleiben noch drei herrliche, wohlschmeckende, perfekt gegrillte Bratwürste. Zwei esse ich mit großem Vergnügen, die dritte gebe ich meinem Hund. Spätestens da hätte mich jeder der Umstehenden völlig ohne Reue abgeknallt. So trolle ich mich lieber schleunigst und danke dem Herrn für die rigiden Waffengesetze in unserem Land.

GESCHMACK

Schweißmauke mit Zwiebeln

Vornehmlich aus Kreisen frankophiler Edelfresser hieß es einst, der Deutsche kenne eh nur zwei Geschmacksrichtungen: versalzen und angebrannt. Nun, dem können wir jetzt gehörig Kontra bieten: Jeden verschissenen Convenience-Fraß gibt's heute mit Cheese-and-Onions-Flavour, auf Altdeutsch: Schweißmauke mit Zwiebeln. Da wird die abendliche Fernsehspeise zum kulinarischen Gaumen-Event. Wer's exotischer mag, für den gibt's die nämliche Ersatznahrung auch mit Chakalaka, das sind Chips mit Rosetten-Nachbrenner am folgenden Morgen. Was aber ist Chakalaka? Affenklötenpulver aus dem Kongo? Scheiß der Hund drauf, Hauptsache fremd und neu, auch wenn uns danach Freund Ebola den Harnleiter hochkriecht. Klassiker der modernen Geschmacksverirrung ist der Joghurt. Unvorstellbar, dass die schleimige Milchpampe einfach nur nach Joghurt schmecken könnte. Stattdessen hätten wir da: Granatapfel Guarana, Ingwer Guave, Kumquatsch Lychee, Kiwi Paradiesfrucht, Mango Maracuja, Cherimoya Papaya, Pitaya Sternfrucht, Aronia Cranberry oder Joghurt Rotweiß. Ganz wichtig beim geschmacklich aufgepimpten Futter ist, dass immer zwei Exoten ein Doppel bilden, in dem keiner von beiden letztlich identifizierbar ist. So kann der Food-Designer immer die gleiche Chemo-Pampe zusammenrühren, und nur die Farbe wechselt – je nach Fruchtanmutung. Diese wird noch unterstüzt durch Beimengung unterschiedlicher Plocken oder Fasern: Apfelsinig wird's mit Sägemehl, und die Steckrübe gibt im Speisequark das Migranten-Obst. Wie so oft stellt sich die nicht unberechtigte Frage: Was soll der Scheiß? Einerseits herrscht im Lebensmittelregal qualvolle Enge, und nur jene erlangen die Aufmerksamkeit des Arschbetreibers, die Neues und Ungewohntes versprechen. Andererseits ist besagte Wanderrosette auch so selten dämlich und ausgenudelt, dass man ihr jeden Drecksfraß vorsetzen kann, wenn das Foto auf dem Deckel nur schön bunt und lecker daherkommt. Nichts scheint mehr so zu schmecken wie ursprünglich erdacht: Es gibt das Joghurtbrot, den Käsegriller, das Lemon-Pils und die Chilischoten-Schokolade – na fein, da kackt es sich doch gleich viel aromatischer. Wer trotzdem sichergehen will, dass auch der rektale Abraum von der modernen Geschmacksvielfalt profitiert, möge zwei, drei Esslöffel Maggi in den Toilettenspülkasten geben, und – oh Wunder –, es riecht so vertraut, als schisse man in einen Teller Erbsensuppe.

ÖDE ÖFFENTLICHE PLÄTZE

Terror der Gestaltung

Glücklich die Stadt, die vor Jahrhunderten Heimat einer preußischen Garnison gewesen ist. Deren Mitte ist der Exerzierplatz, ein gepflastertes Quadrat, von Bäumen umsäumt, fertig ist die Laube. Hier lässt sich nicht nur im Schatten der Platanen famos auf- und abmarschieren, sondern auch entmilitarisiert bietet die schlichte Funktionsfläche allerhand Gelegenheit zum Amüsement. Wochen- und Flohmärkte, Konzerte, Oldtimertreffen oder nur sich sommertags in umzäunter Fläche die Leber angießen – auf diesen Plätzen gelingt fast alles. Und wenn mal nix los ist, kann man darauf sogar noch parken, wie praktisch. Darf eine Stadt allerdings keine historische Mehrzweckfläche ihr Eigen nennen, so schlägt die Geisterstunde des Stadtarchitekten. Dieser Lump hat eine tiefsitzende Aversion gegen ebene Flächen. Überall sind sinnlos Stufen ins gefärbte Betonpflaster eingearbeitet, um parkende Autos zu vergrämen. Wild verteilt auf der zugigen Fläche findet sich Stadtmobiliar aus pulverbeschichtetem Drahtgitter, so unbequem, dass es sich wie ein Waffeleisen in den Arsch des darauf lagernden Obdachlosen eindrückt. Neben jedem Drahtverhau steht ein nicht entflammbarer Papierkorb mit einer Einwurfluke, die exakt einen Zentimeter enger ist als eine normale Schnapsflasche breit. Das lauschige Ensemble ergänzen fünf an kesseldruckimprägnierten Pfählen geknebelte Kugelrobinien. Man mag nicht glauben, dass daraus je stolze Schattenspender werden, eher möchte man sie aus ihrer Gefangenschaft befreien. Wenn man ganz viel Pech hat, dann wurde auch noch ein Künstler im Zuge der üblichen Subventionierung gescheiterter Lebensläufe mit einer Skulptur für den Platz beauftragt: Es folgt ein Haufen gestapelter Kalksandsteine, betitelt »Meine Mutter«, oder gewidmet »den Opfern der Bildungsreform von 1972«. Außer kackendem Stadtgeflügel und ambulanten Eigenurin-Entsorgern findet niemand wirklich Gefallen an dem Haufen Bauschutt. Drum meidet, wer eben kann, diesen Ort. Fremde, die zum ersten Mal in der Stadt weilen, äußern sich mitleidig: »Hier hat der Tommy aber viel kaputtgeschmissen im Krieg.« Und der einheimische Begleiter denkt im Stillen: »Käme er doch nur bald zurück.« »Eine Stätte der Begegnung« nennt der Stadtplaner die von ihm geschaffene Unverschämtheit aus Betonpflaster. Wobei »Begegnung« ein beliebtes Phantomwort aus dem Gaga-Sprech des Kirchenfunktionärs ist und bedeutet in dessen Welt aus Wille und Wahnvorstellung, mit Wildfremden über Jesus zu sprechen oder bei Musik von handzahmen Migranten mit dem Arsch zu wackeln. Aber selbst das könnte ja in Äußerung von Lebensfreude münden, und die ist hier nun wirklich fehl am Platz. So bleibt die Ästhetik-Brache solchen dionysischen Orgien vorbehalten wie der 1.-Mai-Kundgebung des DGB oder dem Mülltütenball von Verdi.

GLOBAL VIEWING

Die Welt vom Sessel aus betrachtet

Wir sind die Größten und haben den Längsten sowieso. Schlussendlich ist es auch egal, wer Weltmeister wird – so viel zu dem Thema. Nur ausnahmsweise schickt der Deutsche eine Expedition in die Welt hinaus, dort, wo die gescheiterten Staaten sind. Einst rückte die Bundeswehr vor zum Hindukusch und kehrt nun nach über zehn Jahren mit mäßigem Erfolg zurück. Was hat uns dieser Einsatz gelehrt? Man kann nur gegen andere Länder spielen, nicht in ihnen oder gar mit ihnen. Drum ist die Fußballweltmeisterschaft so wunderwunderschön. Wir sitzen zu Haus in unserem sicheren Raumschiff und gucken zu, wie unsere Recken live gegen Ausländer kämpfen. Alles nur im Spiel, versteht sich. Aber dennoch so symptomatisch für des Phlegma-Germanens Lebensgefühl. Nur scheinbar bricht er daraus hervor, wenn beim WM-Rottenglotzen eine angemalte Herde Teilzeitalkoholiker in hysterisches Gekreische verfällt. Doch Public Viewing ist nur eine Spezialform des Global Viewings. Am liebsten möchte der lethargische Gegenwartsmensch an gar nichts mehr selber teilnehmen, sondern nur noch am Viewing. Den feisten Arsch im Straßencafé parken und mit einem Auge auf dem n-tv-Life-Ticker zugucken, wie scheiße die Welt da draußen ist. Die eitrige Zufriedenheit hat ganze Jahrgänge totalsediert. Mitmensch Ü-50 will eh nur noch den eigenen Darm beim geräuschvollen Abgasen belauschen, aber auch das nachwachsende Demographie-Gestrüpp quillt nicht gerade über vor Lust auf die Zukunft. Auch dort ist man für Nachhaltigkeit, will allen möglichen Scheiß auf Dauer konservieren und möglichst sanft und emissionsfrei den Veganerfraß abfurzen. Kleine Zwischenbemerkung: Nahezu spielerisch ist es mir gerade gelungen, mit nur zehn Sekunden Abstand zweimal dezente Hinweise auf Analwinde – ich sag mal – zu verstecken. Alle Achtung! So, nun aber weiter im Text: Wodurch erklärt sich die Viewing-Starre des hiesigen indigenen Volkes? Die Grauschöpfe wollen in Anbetracht der überschaubaren Restlebezeit in Ruhe die Rentenkasse versaufen und dabei nicht von Bootsflüchtlingen, Stromtrassen und neuen Startbahnen genervt werden. Die Zwischenfrucht der 30- bis 50-Jährigen ist gefangen in einem nicht enden wollenden Elternsprechtag und hat keine Zeit für die kaputte Welt da draußen. Jeder, der danach geboren ward, will Mediendesigner werden. Wo also soll sie herkommen, die Lust an der Veränderung der Welt? Ist nicht alles und überall so dermaßen im Arsch, dass wir uns besser aufs Global Viewing beschränken? Mag sein, doch warte, warte nur ein Weilchen, dann kommt Abu Bakr al-Baghdadi mit dem Hackebeilchen auch zu dir.

PARTNERSUCHE IM ALTER

Es hört einfach nicht auf

Wen die Hoffnung leitet, gegen Ende der Fleischwerdung stürbe der Eros einen sanften Tod, den trügt sie. Nicht nur in der Residenz Moderfrieden wird geschnackselt wie auf dem Kirchentag, auch den rüstigen Witwer zu Haus lüstet es anscheinend nach einer satten

Der Bauer staunte nicht schlecht, als eines Morgens ein Tapir über den Hof schlich, andererseits aber seine Frau spurlos verschwunden war – nun, da konnte man sich wohl kaum beschweren.

Portion Weiberfleisch. Interessant ist, was bei prospektiven Schnarch-Duellanten so alles im Lastenheft steht. Das Ergebnis schon vorweggenommen: Es herrscht ein knallharter Pragmatismus. So findet sich neben dem eigenen Alter (74 und topfit) häufig das leicht zu erfüllende Anforderungsprofil: »Aussehen egal«, zuweilen eingeschränkt durch »hundert Kilo Obergrenze«. Da mag man sich gar nicht vorstellen, wie denn wohl der Aufgeber dieser Anzeige phänotypisch in Erscheinung tritt; zwei Köppe? Elefantengras lugt aus Nas und Ohr? Wir lesen weiter und stoßen auf die Formel »Hauptsache lieb«. Von Tierheimbesuchern kannten wir diese Anforderung schon, wenn es darum ging, unter den zahlreichen Kötern einen auszuwählen. Und in dem Moment fiel es uns wie Schuppen von den Augen: Unser 74-jähriger vermeintliche Erosjünger sucht gar keine vollschlanke Wuchtbrumme für die letzten Tage der Manneskraft, sondern einen Hund. Und da das Tierheim keine Insassen an über 70-Jährige mehr abgibt, hat er sich aus der Not entschlossen, eine Frau in sein Heim aufzunehmen. Kann es einen erbärmlicheren Grund geben für die Partnersuche? Zu alt für einen Hund, da tut's dann auch die Frau. Vieles konnte ich mir bisher vorstellen an Zumutungen in der Fade-out-Phase des Lebens, aber das geht dann doch zu weit. Ich jedenfalls habe nicht vor, mir im Alter statt eines treuen Vierbeiners 100 Kilo Frauenmasse mit indifferentem Erscheinungsbild an die Burg zu holen, nur damit ein halbwegs kommunikatives Säugetier mit mir den Alltag teilt. Es gibt Momente der Altersdiskriminierung, die lassen selbst bei mir die Zornesröte im fahlen Antlitz aufsteigen. Man kann doch einen Hund nicht mit einer Frau vergleichen. Gibt es denn überhaupt keinen Anstand mehr in diesem Land? Ist doch wahr!

SCHWARM-DEMENZ

Verklumpung der Gehirne im Herden-Modus

EIN menschliches Gehirn ist schon ein dolles Ding, hat sich Sachen ausgedacht, darauf wären tausend Schimpansen in einer Million Jahren nicht gekommen – tausend Menschen allerdings auch nicht. In Reihe geschaltet, addieren sich die Brägenrechner nämlich nicht, sondern schnurren auf den kleinsten gemeinsamen Nenner zusammen: Kleinhirn plus Scheiße labern. Diese Form der Massenverblödung nennt sich Schwarm-Demenz oder Facebook. Möchte man in kleinerem Maßstab die Fähigkeiten des menschlichen Hirns einschränken, so bieten sich da an: Teamwork, Meetings oder Brainstorming, vorzugsweise unterstützt von Flip-Charts oder, wenn es ganz beschissen werden soll, PowerPoint-Projektionen. Es kommt erstaunlich wenig dabei raus, wenn jedes zarte Geistespflänzchen sofort von der Konsensherde niedergetrampelt wird. Geist, Idee und Einfall brauchen Freiraum und Fressehalten der anderen ringsum und am allerwenigsten den Kommentar von sogenannten Festangestellten am Rande der geistigen Nahtoderfahrung. Im Grunde ist zu dem Thema »Wie allein Neues entsteht« von Charles Darwin in seinem Werk »Über die Entstehung der Arten« alles gesagt. Durch Fehler! Das vorhandene Gengesocks mutiert so vor sich hin, produziert eine Menge Ausschuss, von dem vieles auch tatsächlich Ausschuss ist, das Wenige aber den Keim des Neuen, Besseren in sich trägt. Die Evolution der Gedanken funktioniert nicht viel anders: Nur wer Fehler zulässt, gibt dem Neuen die Chance, durch den Konsensbrei an die Oberfläche zu gelangen. Meetings, Konferenzen und Round-Table-Gefasel stehlen den Schlauen die Zeit und schützen die Penner vor Verfolgung. Teamwork – besser ist der deutsche Name »Gruppenarbeit« – ist sinnvoll, wo sonst die Monotonie der Maloche den Einzelnen in ein geistiges Wrack verwandelte, in der Industrieproduktion. Aber überall dort, wo Geist und Kreativität gefordert sind, gehört dieser Schwachsinn nicht hin. Stattdessen sollte auf die Kraft des menschlichen Hirns als Stand-alone-Hardware vertraut werden, ergänzt durch Kritik von und Arbeitsteilung mit anderen autonomen Denkzentralen statt unisonem Zerlabern beim Anblick der fleckigen Thermoskanne.

SCHÖNE FIFA-WELT

Fußball ist unser Leben

Vor hundert Jahren musste man noch einen Thronfolger nebst Gemahlin erschießen, um Geschichte zu schreiben, heute reicht ein Elfmeter zur rechten Zeit. Kaum eine Fußballfloskel wird derzeit so strapaziert wie die vom unvergesslichen Augenblick, der Eingang in die Annalen finden wird, manchmal reicht dazu auch ein Arschtritt oder ein Schulterbiss. Fatal an der dauernd drohenden Geschichtsschreibung ist, dass es den Spieler auf dem Felde stets zur Ehre gereicht, gleichgültig, was er tut, um in die Bücher aufgenommen zu werden. Keine Atempause, Geschichte wird gemacht, es geht voran: Den entscheidenden Elfer versemmelt, als hoher Favorit vorzeitig ausgeschieden, an die Eckfahne gestrullt – tausend Augenblicke, in denen Geschichte geschrieben werden kann. Da können sich IS und Ost-Ukrainer einen Wolf morden: leider ungeil! Die finden ja kein Ende, Verlängerung schön und gut, aber irgendwann muss auch mal Schluss sein, und dann geht der Sieger vom Platz, aus die Maus, Mehmet Scholl oder Olli Kahn sprechen noch das Urteil, und ab in die

Heia. Die Fußball-WM schmeichelt unserem Blick auf die Welt: Bunt angepinselte Grinsefressen freuen sich, wenn auf dem Rasen die Krieger einander in die Waden treten. Könnte doch die ganze Welt eine Inszenierung der FIFA sein. Schön und lustig aufbereitet kämen die Bilder aus den Drecklöchern der Welt zu uns in den Living Room, Joachim Gauck spricht danach mit Günther Jauch, warum der Irak einfach zu selten zum Abschluss kommt, und wir schleichen entspannt aufs Nachtlager. Eingelullt durchs Leben wackeln ist ohnehin des Deutschen höchstes Plaisir. FIFA-TV zeigt uns eine Welt, in der winzige Bananenstaaten EU-Mitglieder besiegen dürfen, in der alle nach denselben Regeln spielen, egal, ob Indio oder weißer Christenmensch. Noch eins lehrt uns die wunderbare Welt der FIFA: Es muss einen geben, der sagt, wo es langgeht, nämlich den Schiedsrichter. Alle beugen sich seinem Urteil, auch wenn sie es manchmal nicht verstehen. Daran sollte sich so ein Klappstuhl-Verein wie die UNO mal ein Beispiel nehmen. Trillerpfeife, Torkamera und Freistoßspray – mehr braucht der weise Mann in der kurzen Hose nicht, um für Recht und Ordnung zu sorgen. Wenn man uns vier Wochen lang gezeigt hat, wie putzig die Welt da draußen ist, wenn man sie durchs FIFA-Opernglas betrachtet, dann lasst uns doch den Krieg in Syrien und umzu beim Public Viewing reinziehen. Das Schöne daran ist, die schießen schon tagsüber, weil die Zeitverschiebung nicht so groß ist wie manchmal bei der WM.

DIE LETZTEN STUNDEN VOR DER WM

Damals, als wir vom Endsieg nur erst träumten

Endlich: Das Leben bekommt wieder einen Sinn. Es ist Krieg. Zwar nur die Rasenvariante, aber besser, als dauernd vor Putin im Staub zu kriechen. Deutschland wird auch an der Copacabana verteidigt, wie Verteidigungsminister Joghurt Löw sehr richtig vermeldete. Unsere UNSE, obwohl teilweise bereits im Vor-Felde verletzt, rücken unverdrossen gegen die feindlichen Linien vor und hoffen, nach fast 25 Jahren Demütigung den Endsieg nach Hause zu tragen. In Brasilien erwartet sie als ihr größter Gegner das deutschenfeindliche Klima: Temperatur und Luftfeuchtigkeit bevorteilen den Gastgeberkontinent und lassen den FIFA-Nettozahler in einem Regen stehen, den es leider wohl nicht geben wird. Trotzdem oder gerade deswegen steht die deutsche Mannschaft wie elf Mann im Feld und wird mit aller Kraft versuchen, Schmach und Elend von der Mercedes-A-Klasse fernzuhalten, damit auch fürderhin noch genug Sponsorengeld in die Taschen der alten Säcke vom DFB wandern wird. Das oberste Gebot vor dem Anpfiff heißt: »Unsere Mannschaft braucht unbedingte Ruhe und Konzentration, da heißt es, auch mal eine weggeschobene Favela weggeschoben sein zu lassen. Natürlich kostet eine Fußball-Weltmeisterschaft Geld, aber längst nicht so viel wie eine funktionierende Krankenfürsorge oder Bildung. Und? Muss es denn immer das Teuerste sein? Reicht nicht auch einfach mal eine WM im eigenen Land? Südafrika hatte 2010 das Glück, WM-Gastgeber zu sein, und siehe: Die schwarze Regierung wurde jüngst vom Wähler bestätigt. 2006 war

Deutschland Gastgeberland, und siehe: Die schwarze Regierung von Massa Mutti wurde ebenfalls bestätigt. So dient die WM der Stabilität in einem Land, und wir wünschen uns alle, dass auch 2018 in Russland und 2022 in Katar der Fußball zur Stabilisierung der Verhältnisse beiträgt. Noch steht nicht endgültig fest, ob Nordkorea für 2026 den Zuschlag erhalten wird oder Boko Haram in einem noch zu gründenden Gottesstaat. Alles deutet aber darauf hin, dass Boko Haram mit der Frauen-WM 2019 abgefunden wird. Aber jetzt lassen wir uns doch die Freude nicht verderben und verfolgen am nächtlichen Bildschirm, wie sich unsere Truppe im Dschungel von Amazonien schlägt. Wenn's für den Endsieg diesmal nicht reicht, macht's nichts, denn 2018 ist wichtiger. Dann geht's beim Iwan rund, und der Titel ist dort selbstredend Staatsbürgerpflicht.

FERNSEH-ELEND

Wie sich ein Medium ständig neu falsch erfindet

Im Nussbaumfunier-Zeitalter des Fernsehens wusste man: Willst du mal was Gutes sehen, musst du ins Kino gehen. In der Öffi-Glotze drohte ständig das Fernsehballett wie vom Intendanten gestochen aus der Kulisse zu springen. Moderatoren fingen unvermittelt an zu singen, und ganze Sendestrecken wurden von einer LSD-Graphik namens »Testbild« regiert. Das komplette Elend lässt sich am besten aufzeigen an der stereotypen Antwort jener Jahre auf die Frage: »Und, was machst du Sonntagnachmittag?«: »FBBK« – Ficken, bis Bonanza kommt. Was auch sonst? Das Fernsehen zeigte einem gefühlt auch im Sommer die Vierschanzentournee oder Nazitierfilme, in denen stramme Forstgesellenadjunkten unwertes Leben im Unterholz ausmerzten, um hernach an der bezopften Försterliesel rumzufingern. Als Ende der 80er das Kommerz-TV auf die mittlerweile vorhandene Fernbedienung drängte, schien sich alles zum Besseren zu wenden: Amerikanisches Kino fast täglich bis in die Nacht hinein, kein Ballett mehr, und es wurde auch mal vor Mitternacht blankgezogen. Natürlich nervten die Werbeunterbrechungen erst einmal eingangs, doch schon bald hatten sich Bierverklappung und Blasenkapazität mit den Werbepausen synchronisiert. Alles hätte so bleiben können, doch da entdeckten RTL und Co. den Schimpansen und seine nächsten Verwandten als neue Zielgruppe. Rund um die Uhr bevölkerten Menschen die Mattscheibe, von denen man bis dato gehofft hatte, sie wären längst ausgestorben oder hätten sich dafür zumindest einen Termin besorgt. Allein die Vorstellung, diese Wesen könnte es außerhalb der Braun'schen Röhre tatsächlich geben, ließ einen erschaudern – und deshalb guckten auch alle hin. Als man sich am sogenannten Unterschichtsfernsehen endlich sattgesehen hatte, flohen die geistig Unversehrten in die vielen einst »Kabelkanäle« genannten Nischenprogramme, sahen zum x-ten Male Grizzlybären beim Lachsfischen zu und guckten auf ZDF-Info, was der Führer auf dem Berghof gerade so trieb. Dem bildungsfernen Nachwuchs musste Papi dann erklären, dass da keine Webcam bei Führers zu Hause stände, sondern es sich um Archivaufnahmen aus dem Nachlass von Fräulein Braun handelte. Alles hätte auch jetzt wieder sehr schön sein können, wäre nicht in den USA die Fernsehserie – oder wie man jetzt sagte – das Sequential – zu neuer Blüte gelangt: Breaking Bad, The Shield, The Wire, Newsroom, Homeland, House of Cards und SamCro, das begeisterte sogar das opernlastige Feuilleton. Plötzlich musste man sich sogar nicht mehr schämen, Sat1 einzuschalten. Alles hätte wieder so schön sein können, hätten die Dreckssender nicht einige Serien mittendrin einfach abgebrochen. Der Digitalkundige floh daraufhin zu Watchnever, Sky, Myvodoo oder was auch immer es an Abo-Geglotze gibt. Und siehe da: Bevor man selbst dorthin gefunden hatte, war das Fernseh-Elend auch schon da. Mittendrin hört eine Staffel auf oder wird über den Sommer gestreckt, um danach wieder von vorne anzufangen. Diesen Kameradenschweinen fällt ständig etwas Neues ein, um den Nutzer zu verprellen. Bleibt trotz allem Runterlad- und Cloudgefasel als letzter Rückzugsort schönen Fernsehens nur die DVD, die kann einem keiner nehmen.

INTERNET DER DINGE

Gelaber im Reich der Toten

Es gibt wie immer eine gute und eine schlechte Nachricht. Die gute ist: Der Personal Computer gehört bald der Vergangenheit an. Die permanenten Klapprechnersklaven versauen dann nicht mehr Restaurant- und Puffbesuch. Die schlechte Nachricht lautet: Der alte PC hat sich in eine winzige Nanokrampe verwandelt, die in deinem Arsch wohnt und der Rosette sagt, wann es Zeit für den Bombenabwurf ist – etwaige Begleitdaten werden sofort online an den Krankenversicherer weitergegeben. Das klingt bedrohlich, aber immerhin sind noch Teile von dir an der Kommunikation beteiligt, im Internet der Dinge scheißt die leblose Welt auf deine Mitwirkung, dann unterhält sich der Tiefspüler mit der Sargfabrik, und du kommst in dem Gespräch nur noch vor. Bestünde die Chance, dem Geplauder der beiden heimlich zu lauschen, würdest du mit Verwunderung feststellen, dass in der Erdmöbelfabrik die Bretter für deinen letzten Aufenthaltsraum bereits in der Fertigung sind. Die Dinge wissen mehr als du, und sollten sie sich einmal irren, wirst du trotzdem eingesargt, denn im Reich der digitalen Totenwelt gibt es kein Verzeihen und kein Eingeständnis falsch getroffener Entscheidungen. Es mag durchaus sein, dass der verdammte Sowjet-Reaktor Tschernobyl nicht in die Luft geflogen wäre, hätte nicht 18-mal jeweils ein Mensch die falsche Entscheidung getroffen. Doch fürchte ich mich ein wenig davor, wenn nur der Reaktor und die örtliche Ampelschaltung untereinander abkaspern, ob man nach einem niedlichen Fallout weiträumig auf ROT schalten sollte. Denn den Dingen geht naturgemäß das Überleben der Spezies Mensch am Arsch vorbei – um auf diesem Wege mal wieder dem Fäkalwort-Fan etwas Zucker in den – na wohin? Genau da hinein! – zu blasen. Zurück zum Online-Geplapper der Geräte untereinander: Wie eingangs schon gesagt, ist es durchaus begrüßenswert, wenn sich das tote Plastikpack untereinander verständigt und uns außen vor lässt, doch sollte man die Welt der Toten nicht unbeobachtet lassen. Wer weiß, was Kühlschrank und Mikrowelle gegen uns aushecken. Und siehe da, so fügt sich alles in der digitalen Zukunft: Die menschenfreie NSA belauscht den Bodenfunk zwischen all den Elektronikwesen um uns herum – und wir finden endlich wieder die Muße, ein Mensch zu sein. Schön wär's!

MÄNNERSCHÄDEL

Invasion der Pimmelköpfe

Wenn heutzutage Männern das Haupthaar schwindet, fürchten sie um den Leumund ihrer Virilität. Allzu gut noch haben Transvierziger ihre Onkel und Väter in Erinnerung, bei denen sich die Lichtung vom Hinterkopf zur Stirn vorkämpfte oder ein Haarkranz aus grauen Zotteln rund um die polierte Glatze spross. Peinlichste Gegenwehr war einst die Brückenlösung, will heißen: Resthaar um und aus den Ohren wird einen halben Meter lang gezüchtet und mit einer Art Wagenschmiere quer über die Glatze geklebt. Von einem Planeten fern unserer Galaxis aus betrachtet, ähnelt es durchaus vollem Schopfhaar, schaut man näher hin, raubt der Scheitel unmittelbar überm linken Ohr jede Illusion. Herbstliche Mannsbilder früherer Zeiten scheuten sich auch nicht, mittig auf die Kugel einen falben Wischmopp – den sogenannten Fifi – zu platzieren, um weiterhin Jugend vorzutäuschen. Wie auch immer man dem Schicksal auszuweichen suchte, es half nichts, mit schütterem Haar war man nur noch dem Personalausweis zufolge ein Mann. Das alles wissen heutige Vollglatzenanwärter und steuern beizeiten dem Mähnenschwund entgegen. Sobald sich die erste Geheimratsecke zeigt, wird der Schädel bis auf Stoppellänge runter kahlrasiert – zeig der Fleischmütze die Stirn, gib dem Äquatorialbewuchs keine Chance. Als stacheliger Pimmelkopp ist man nicht nur weiter im Spiel, man gilt sogar als besonders sexy. Das liegt wohl auch daran, dass der Kopfhaarschwund die männliche Jugend heute bereits in jungen Jahren heimsucht, mithin geradezu ein Ausweis selbiger zu werden droht. Abhilfe schafft auch dort die Schädelrasur oder das Sackratten-Biotop rund um Kinn und Nase als Ausgleichsfläche. Innerhäusiges Tragen von Strickwaren überm Kopf hat wohl auch nur den Zweck, das kahle Haupt zu tarnen. Ein und dasselbe Problem, zwei Lösungen. Nicht das Leugnen des Verfalls sichert den Ausweis ewiger Jugend, siehe Berlusconi und Jürgen Klopp, eher noch garantiert die selbstgewählte Pimmelköpfigkeit eine Rolle als Sexsymbol oder Machtmensch, siehe Yanis Varoufakis und Ferdinand Piëch – äh, sind die nicht beide gerade irgendwo rausgeflogen? Na gut, Schädelrasur ist auch keine Lösung.

WORK-LIFE-BLENDING

Der Betrug am selbstbestimmten Leben

Werkssirene und Stechuhr sind überkommene Relikte aus der analogen Welt der Malocher. Heute wird die arme Sau, die ihre Haut zu Markte tragen muss, weitaus geschickter hintenrum durchgeorgelt. Der jüngste Scherz der Sklaventreiber nennt sich Work-Life-Blending und löst damit die Work-Life-Balance ab. Glaubte man bei Letzterer noch, es handle sich um ein menschenfreundliches Gleichgewicht zwischen entfremdetem Gebuckel und lustigem Verwirklichen seines Batiktalents, so hat das Work-Life-Blending den Zuckerguss abgestreift. Gemeint ist der nahtlose Übergang vom Privatissimum zum Arbeitsplatz und umgekehrt. Damit die Helotenbrut nicht merkt, wie scheiße Arbeiten als solches ist, gibt's im Büro Latte macchiato und Topfblumen, die Möbel sind hip, und im Keller darf jeder an Fitness-Maschinen sein Mütchen kühlen. Im Kühlschrank wartet das Rucola-Gestrüpp auf das zweieinhalbminütige Work-Mittagspause-Blending und darüber im Eisfach die Eizelle aufs Fruchtbarkeits-Fadeout. Hurra, hurra, was haben wir für einen netten Arbeitgeber. Nun aber kommt die andere Seite des Blending, denn um fünf ist mitnichten Schluss. Da bestellt der Chef großmütig Pizza für alle und deutet nebenbei mal an: Heut ist die Nacht nicht zum Schlafen da. Der Auftrag, dieser lästige Gesell, will bis zur frühen Morgenstund erledigt sein, und auch am Wochenend möge man doch bitte immer sein Smartie-Phone anlassen, um noch die letzten Mails gegenzuchecken. Ansonsten erwarte man alle am Montag zurück, um acht beim gemeinsamen Arbeitsfrühstück, wie nett ist das doch, wir sind alle eine große Familie. Ach übrigens, wegen dem Jahresurlaub, es wäre total super, wenn jeder einen Teil von dem Projekt mit in die Ferien nähme und abends ein paar winzige Stündchen daran weiterdenken könnte. Arschloch! Überall sieht man sie bereits: Sie hocken in den Cafés, im ICE, sogar auf dem Scheißhaus schleppen die Work-Life-Blender ihre digitalen Sklavenkisten mit sich rum, sind ständig erreichbar, verfügbar und in den Arsch fickbar – nicht eine Minute lang sind die Gedanken frei, kein Augenblick, in dem ein strapaziertes Hirn vor sich hin dösend aus dem Fenster blicken darf. Irgendwann findet das digital geknebelte Ich keinen Ausweg mehr und flüchtet sich ins Burn-out-Syndrom. So werden schlussendlich work und life gleichzeitig weggeblendet, und es hat sich was mit der schönen neuen Arbeitswelt, mit all den Topfblumen im Büro, der teuren Jura-Kaffeemaschine und dem ganzen Tand rund ums Rattenrennen.

TOLERANZ

»Scheißegal« auf Moralisch

Darf und soll man auch tolerant gegenüber Rechtsradikalen, Salafisten und Hooligans sein, oder hört da der Spaß auf? Gerade diese Bande von kompletten Idioten bietet eigentlich ideale Voraussetzungen dafür, Toleranz zu üben: Sie sind ekelig, verbohrt und hassen alle anderen. Wenn nämlich »tolerant sein« bedeutet, die nicht nachvollziehbare Andersartigkeit des Mitmenschen auszuhalten, dann hätte man mit einer jener Arschgeigen das ganz große Los gezogen. Ja, hätte, hätte, Menschenkette. Man merkt sofort, wie sich alles in einem dagegen sträubt und beginnt zu ahnen, dass Toleranz nichts mit Moral oder Gutmenschenismus zu tun hat, sondern einer intellektuellen Anstrengung bedarf. Wir alle sind von Natur aus Stammesangehörige, die am liebsten mit unseresgleichen in trauter Gemeinschaft lebten. Wir wissen aber auch, dass der dortige Zwang zur Homogenität jedes freie Denken, jede kleinste Abweichung ersticken würde, kurz: Wir fänden uns alsbald im islamischen Staat oder einem vergleichbaren Irrenhaus wieder. Drum haben wir aus reinem Eigeninteresse gelernt, das Arschloch nebenan in seiner Arschlochhaftigkeit weitestgehend zu akzeptieren. Allein schon das Leben in der Stadt ist ein andauerndes Sperrfeuer auf unsere primitiven Instinkte als Urmensch: Diese ganzen anderen alle, bloß weg damit. Und da ist es egal, ob Ausländer, intersexuelle Alternativgender oder einfach

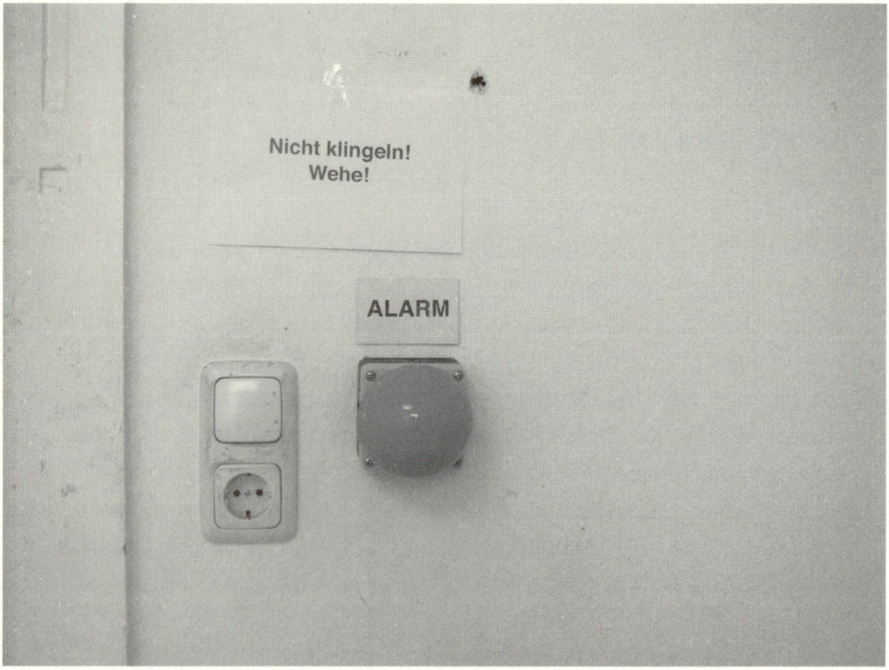

In der Ablebe-Residenz »Moderfrieden« ließen sich Personalreduktion und Sicherheitserfordernisse auf simple Weise in Einklang bringen.

nur blöde deutsche Normokrampe, die vor uns im Fahrstuhl steht. Es ist eine ständige Herausforderung an den Menschen als domestizierten Affen, diese anderen nicht sofort umzunieten, allein weil es sie gibt und man sie nicht kennt. Doch wir haben gelernt, dass eine rote

Ampel ein höheres Gut ist als der urtümliche Drang, die Fußgänger auf dem Überweg überzumöllern. Ist es doch für die allermeisten von uns vorstellbar, selber einer von jenen zu sein, die die Straße zu Fuß überqueren. Somit gehört die Zügelung primitiver Hordenmoral zu den größten Errungenschaften der Zivilisation. Toleranz ist keine Tugend, sondern eine stetige geistige Anstrengung, die auch und gerade darin besteht, ihre Grenze zu benennen. Bin ich intolerant gegenüber Ausländern, wenn ich die Scharia, den Fememord und die Zwangsheirat für nicht akzeptabel halte? – und was ist mit Holländern? Toleranz verlangt von uns in einer heterogenen Gesellschaft, die anderen mit ihren Religionen, Sitten und absurden Vorstellungen vom Diesseits auszuhalten. Nicht weniger, aber auch nicht mehr. Verstehen und gut finden muss ich das alles noch lange nicht.

EUROPA

Der gemeinsame Sieg über die Vierzig-Stunden-Woche

Nein, das war keine ganz schlechte Idee, die von Europa. Zwei Jahrtausende lang hatte man ständig danach getrachtet, sich gegenseitig umzubringen, diese Idee nannte sich Christentum. Dann plötzlich – nach dem letzten Blutgericht – kamen die friedliebenden Russen daher und zogen einen Zaun längs durch Europa, und schon war Ruhe im Puff. Der östliche Teil wurde zu einer Art Pfadfinderlager für Freunde der Kunstlederjacke, im Westen sedierte der Ami den Besatz mit reichlich Happehappe und lustigen Zeichentrickfilmen. Sogar der Deutsche regenerierte sich recht schnell: DDR-Menschen zirkulierten im Sommer nackig durch den Ostblock, in der BRD nannte sich der Westfeldzug jetzt Interrail. Dann geschah etwas Seltsames: Die Europäer wurden übermütig. Plötzlich glaubten sie, nicht der lange Zaun sei der Garant für Frieden und Köpedraufbehalten, sondern sie selber seien friedliebend und gönnten dem anderen seinen draufgebliebenen Kopf. Die ersten Gegenbeweise sollten auf dem Balkan erbracht werden, doch alle anderen dachten: »Na ja, der Yugo, was willste verlangen.« Man hielt weiter fest am Traum vom sich selbst stabilisierenden Frieden durch Wohlstand und Verträge. Als Nächstes brach der Wohlstand weg auf breiter Front im Süden des Kontinents: Griechen, Italiener, Portugiesen und zuletzt auch noch der Spanier kackten auf breiter Front nicht nur ab, sondern nur noch heiße Luft, denn oben vorne kam nichts mehr rein ins System. »Na ja, die katholischen Olivenwämser, was willste verlangen«, dachten sich die protestantisch geprägten Länder des Nordens. Wir pumpen ihren Arsch voll Moneten, und dann ist wieder Ruhe. Denkste! Im Osten, da, wo man hoffte, dass Europa endlich aufhört, wollten plötzlich die asiatischen Scheitervölker auch mitspielen bei der großen Illusion vom gemeinsamen Sieg über die Vierzig-Stunden-Woche. Das wiederum findet der irre Retro-Zar im Reich des Bösen gar nicht witzig und zieht da die Grenze, wo er meint, dass sie sich befindet. »Ach so«, sagen alle anderen Europäer, »da also ist Schluss.« Und insgeheim sind sie froh, dass die EU nicht noch Metastasen bildet in Transnistrien, Moldawien oder in einem der bekloppten -istan-Länder. Europa aber, der alte westliche Wurmfortsatz von Asien, wird wohl wieder zu dem, was er in der griechischen Mythologie einst war: die Frau, die von einem Stier vergewaltigt wird. Nur heißt der Stier diesmal nicht Zeus, sondern Waldemar, weil's im Wald geschah – irgendwo zwischen Kiew und Donezk.

KERZEN

Trügerischer Schein beim Zusammensein

Sie stehen überall: Kerzen! Rote, weiße, kleine, dicke, lange, spitze und natürlich Teelichter. Nach der Erfindung der Glühfadenlampe durch Edison und Göbel hätte doch eigentlich Schluss sein können mit dem Stearin-Gestinke in der Wohnung. Aber nein, noch nie gab es so viele Wachsfackeln wie heute. Sie stehen in Gläsern auf Vogelsand, in fünfarmigen Leuchtern, zwischen Tannengrün und Hagebutte, aber zumeist im Wege rum. Neben Ravels Bolero und einem Schoppen Rotwein-Plörre gelten Teelichte als ultimative Illumination zur Einleitung des Geschlechtsverkehrs – besonders in altgedienten Partnerschaften, die noch mal 'ne Schippe Kohle drauflegen wollen. Nicht nur im Herrenwitz über die Liebe der Nonnen an und für sich spielt die Kerze eine bedeutsame Rolle. Auch und gerade im alltäglichen Rumkriege-Geschäft will sie keiner missen. Treffen zwei Bindungssuchende das erste Mal aufeinander, so klischeehaft stets bei Kerzenschein und Restaurantbesuch. Soll es später dann aufs Ganze gehen, empfiehlt der Rammel-Knigge ebenfalls die Ausleuchtung des Gemaches mit Docht und Bienenwachs, allein schon um die nackten Körper nicht brutal dem

Halogenlicht auszusetzen. Schummrigkeit läuft hier unter der Rubrik »Romantik« und gilt als höflich, wenn nicht gar einfühlsam. Tauschte aber unser Galan im Beisein der zu Bespringenden den Deckenstrahler gegen eine 15-Watt-Birne aus, um jene vorteilhafter auszuleuchten, wäre die Stimmung dahin. Rätselhafte Welt des Paarungstriebes! Trotz Brandgefahr und Gestank gilt die Kerze seit Jahrtausenden als Inbegriff duseligen Wohlbefindens. Tirilierende Kindergesichter im Kerzenschein sind DAS deutsche Weihnachtssymbol, nicht Opa im roten Mantel oder dreißigtausend Glühbirnen am Eigenheim. Überall, wo es mit der Wahrheit nicht so genau genommen wird, da funzelt es im fahlen Schein. Deshalb wundert es kaum, dass in der Kirche nichts ohne Kerzen geht. Will man einem Wunsch an den da oben Nachdruck verliehen, so ist es angeraten, eine Kerze zu spenden fürs Gotteshaus. Zu den kirchlichen Hauptevents wie Taufe, Konfirmation, Firmung oder Ablebung gibt es extragroße Bollermänner mit Buchstaben vorne dran. Die skurrilste Botschaft allerdings, die je im Kerzenschein ihren Ausdruck fand, ist über 25 Jahre her. Da stellten romantische Westdeutsche zur Weihnachtszeit Kerzen in die nach Osten gerichteten Fenster ihrer Behausung – als Zeichen für die Brüder und Schwestern drüben. Ob jene das mitkriegten und mit einen Stück glühender Braunkohle antworteten, darüber weiß der Verfasser dieser vorweihnachtlichen Zeilen leider nichts.

DAS HOLI-FEST

Wenn die hohle Birne Farbe trägt

Ganz ehrlich: Der Deutsche hat volles Rohr einen an der Birne. Und wenn noch einmal jemand seine bescheuerte Meinung zu irgendwas mit »ganz ehrlich« anfängt, dann krieg ich auch einen an der Birne. Das aber nur am Rande. Worüber ich eigentlich Häme, Spott und Fremdscham kübelweise ausschütten wollte, ist des hiesigen Eingeborenen Drang, an jeder Festivität – sei sie auch noch so dämlich – grinsend und juchzend teilzunehmen. Jüngster Spross des kritiklosen Frohsinns ist das Holi-Farbenrausch-Festival, das den ganzen Sommer über nahezu jede Stadt mit mehr als einem Einwohner heimsucht. Hierbei schmeißen sich wildfremde – ich sag mal – Menschen gegenseitig gefärbtes Maismehl an die hohle Birne, daher der Name. Na super, gehen sie davon tot? Nein, leider nicht, sondern sie müssen sich freuen, weil das so total ursprünglich ist und man wieder in die unschuldige Zeit seiner Kindheit zurückfällt. Damals hat man doch auch in braungefärbtem Eigenkot rumgemanscht – und das war doch toll, oder etwa nicht? Bisher dachte ich, der momentane Menschenbesatz dieser Republik sei schon infantil genug, da muss man sich nicht noch gegenseitig geschroteten Kukuruz an die Rübe schleudern. Wer denkt sich so einen Scheiß überhaupt aus? Der Inder war's, und dort ist das Holi-Fest die Austreibung des Winters durch die Farben des Frühlings. Bei uns nennt sich so was Ostern, und ein Frühlingsfest reicht an sich – man kann schließlich nicht jedes Wochenende breit unterm Sofa liegen, und dort enden schlussendlich alle Festivitäten.

Man darf es dem Inder letztlich nicht verübeln, dass er auf seinem an sich schon viel zu heißen Subkontinent keinen Bock hat auf Osterfeuer, darum hat er sich eben was anderes ausgedacht, um den Winter auszutreiben: Farbpulver annen Kopp schmeißen – sicher! Immerhin schmeißt er sich keine Osterhasen an den Turban. Bleibt aber immer noch die Frage, warum der hiesige Trampel den Scheiß nachmacht. Die Antwort lautet: weil der Deutsche sich gerne für weltoffen hält und für multikulturell schweinetolerant. Um sich diese Lebenslüge immer wieder zu vergegenwärtigen, ist er zu fast allem bereit. Unheilbar heterosexuelle Politiker hampeln auf dem Christopher Street Day herum – wozu, das geht sie doch 'nen Scheiß an, aber nein, man ist ja zwanghaft tolerant. Zur innigen Verbundenheit mit dem schwarzen Kontinent dient der Karneval der Kulturen: Total zugedröhnte Wahnsinnige prügeln stundenlang auf riesige Trommeln ein, Bananen dümpeln in altem Frittenfett, und auch sonst kommen alle super klar auf dem Kontinent der Malaria. Nun also auch noch das Farbbeutelschmeißfest aus Indien. Ja, so isser, der Deutsche: Wenn ihn einmal die Toleranz gegen das Fremde erfasst hat, dann zieht er die gnadenlos durch – bis zur letzten Patrone, jetzt mal bildlich gesprochen. Alavida allerseits. Das war Panjabi!

FÜSSE IM SOMMER

Schlimmer als Mücken und Zecken zusammen

Was nur wenige wissen und vor allem nicht wahrhaben wollen: Auch der Mann hat Füße, genauer gesagt zwei. Sobald aber die Temperatur auf einen Wert höher 15 Grad klettert, tritt die Wahrheit gnadenlos ans Licht. Die verhornte Pratze steckt dann gern in einer Art Pferdegeschirr für Meerschweinchen, das nennt sich Treckingsandale. Damit die Füße nicht verduften können, werden sie mit mindestens vier Nylonriemen auf die Laufsohle gefesselt. Aus der vorderen Riemenöffnung kämpfen zumeist drei der insgesamt fünf hässlichen Zehenpimmel um einen Blick auf die Fahrbahn. Hinten ist das Fußgeschirr ebenfalls offen. Dort fallen bei jedem Schritt zehn Gramm Hornspäne auf den Bürgersteig, die der rückwärtige Klettverschluss von den schründigen Hacken des Altfußes abraspelt. Wer aber hofft, nur der Mann neige zur ekeligen Fußbekleidung, der hat noch keine Altfrauenhufe gesehen. Die Riemchensandalette ist das weibliche Gegenstück zur Treckingpantine. Bei Frauchens Footwear drängen sich zwei bis drei lackierte Hammerzehen am vorderen Ausguck, und hinten versucht ein fünf Quadratmeter großes Heftpflaster, weitere Schäden von der Ferse abzuwenden. Die weibliche Kampfsandale ist fast immer zum Hacken hin 45 Grad angehoben. Das liftet einerseits zwar das Becken und hält den gluteus maximus unter Spannung, andererseits bildet sich im Fußraum zwischen den Riemchen dieses unschöne Krakelgeflecht, das aus gestauter Venentätigkeit herrührt. Blaues Geäder, dann gepaart mit pink koloriertem Nagelpilz, verleiht der erotischen Wunderwaffe »Frauenfuß« letztlich den Todesstoß. Wer sich all diesen Fährnissen sommerlicher Fußbekleidung nicht stellen mag, der streift sich die Burlington- oder Arztsocke über und schiebt das Paket komplett in die Adilette rein. Das kann man zu allem tragen, der Hornhauthobel darf im Schrank bleiben, und auch der leicht nässende Zwischenzehenraum bleibt vor der Öffentlichkeit verschlossen. Schäme sich, wer Schlechtes darüber denkt.

JEDES JAHR EIN NEUES DEUTSCHLAND

An der Ölquelle bitte hinten anstellen

Auch in diesem Jahr wird die Weltbevölkerung um den Wert eines kompletten Deutschlands anwachsen. Da möchte man hoffen, dass die Neuankömmlinge das Licht der Welt in Form einer Energiesparleuchte erblicken und ihre Mutti mit dem Fahrrad in den Kreißsaal gestrampelt ist. Denn sonst ist der ökologische Fußabdruck des kleinen Stinkers gleich so groß wie eine Yeti-Pratze. Es hilft nämlich nix, wenn wir Deutschen uns abmühen, das Weltklima zu retten, und jedes Jahr werden 80 Millionen neue Spritfresser geboren. Jawohl, Spritfresser, denn den Biosprit, den wir für unsere nachhaltigen Knuddelautos brauchen, den fressen uns die neuen Blagen in Asien von den Feldern weg. So kann das ja nix werden, da müssen alle mitmachen. Und wir sind es schließlich nicht, die sich jährlich verdoppeln. Diese neuen 160 Millionen antiökologischen Fußspuren, die entstehen ja weltweit – das heißt außerhalb unserer Kontrolle. Da müssten die alle an sich erst mal herschauen zu uns und gucken, wie wir das machen mit der Klimarettung. Zum Beispiel werden wir jetzt in der EU die Durchlaufmenge für alle Duschköpfe um 30 % reduzieren. Das wär doch mal 'ne Idee für Afrika, 30 % weniger Wasser heißt ja auch 30 % weniger Ansteckungsgefahr bei der dreckigen Brühe, die die dort drunten haben, nicht wahr? Ist doch auch ganz schön, nebenbei gesagt. Wir haben auch Elektroautos demnächst, damit dürfen wir umsonst in der Stadt parken. Warum wir die haben? Weil diese 80 Millionen, die jedes Jahr dazukommen bei euch, weil die alle Auto fahren wollen – erst fressen sie uns den Sprit weg, jetzt saugen

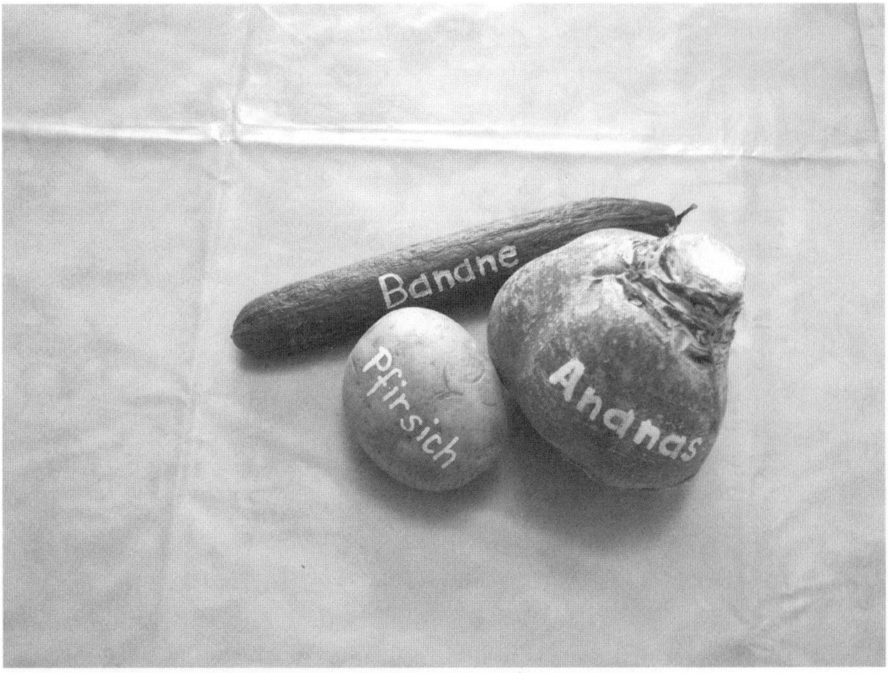

… aus einem Deutsch-Lehrbuch für Asylbewerber

sie auch noch den Saudis das Öl aus der Wüste raus. Und wir müssen in geparkten Elektroautos rumsitzen und warten, bis der Akku wieder voll ist. Ist so was etwa gerecht? Müssten sich nicht vielmehr alle hinten anstellen an der Ölquelle? Erst wenn die Ersten – und das sind wir – nix mehr wollen, dann kommen die Neuen dran. So wäre es richtig. Mannomann, jedes Jahr ein komplettes Deutschland Neue auf der Welt. Das hält doch der härteste Planet nich aus. Wenn es wenigstens alles Deutsche wären, die vom Fahrersitz ihres gedämmten Elektroautos aus die Schöpfung bewahren – aber Pustekuchen, die meisten von den Neuen, die haben nicht mal ein Auto und kriegen auch keins, das sie gegen ein Elektroauto eintauschen könnten. Nein, ich sehe schwarz für die Welt – so läuft das einfach nicht, Herrschaften, beim besten Willen nicht.

TOURISTENORTE

Denn sie haben es nicht anders verdient

Der Mensch generell trieft vor Widersprüchen. In seiner Verpuppung als erholungssuchende Made im Urlaub strotzt er geradezu vor Widersinn. Es zieht ihn in die Berge und an die See, jedenfalls dahin, wo mehr Natur ist als dort, wo man ihn ansonsten wohnen lässt. Doch längst entfremdet von den spröden Reizen natürlicher Umgebung, erfreut er sich nicht am Busen der Gegend, an tirilierender Möwenschar und bunten Blümelein, sondern schiebt seinen Mastarsch in die Original Pommersche Knackwurstkate, um sich dort den Wanst mit

Schredderschwein vollzuschlagen. Hernach lockt auch nicht der Naturlehrpfad durchs Gestrüpp, sondern nebenan Johnnys Streichel-Schlachthof mit stinkenden Ziegen und Hängebauchratten. Komplett losgelöst von den Eigenarten der Kultur und Landschaft, breitet sich über jeden Touristenort innerhalb weniger Jahre eine Eventkotze aus, die sogenannte Erlebnisse von der Stange anbietet. Warum zum Teufel sollte man in einem Ostseebadeort die »Geheimnisse balinesischer Klöppelkunst« ergründen wollen? Weil es nur Zwei Euro fünfzig Eintritt kostet und es draußen anfängt zu regnen? In des Urlaubers Gunst ganz weit vorn rangieren Eventbuden, in denen auch etwas verköstigt werden darf: »Lernen Sie die Geschichte des Doppelkorns kennen – inklusive Probier-Ausschank«. Das nenn ich Weiterbildung mit menschlichem Antlitz. Im Urlaub ist das Maul der Geldkatze ohnehin weit aufgesperrt, und so trudeln die Untoten in Spendierlaune von einer Eventscheune zur nächsten: Buffalo Mikes Westernsaloon schenkt Guiness aus zum Hähnchen-Döner. Im Touri-Reservat vermischen sich alle Nationalklischees zu einem globalen Einheitsbrei: Fischbrötchen in Österreich, Pizza sowieso überall und als Souvenir aus Bad Dobermann einen Sombrero mit schwarzrotgoldenem Hutband. Fressen, Saufen, unnützen Krempel kaufen, das ist der Dreiklang der überflüssigsten Wochen des Jahres. Warum nicht den Urlaub im Outlet-Center verbringen, zwischen reetgedeckten Klamotten-Shops und pseudoitalienischen Espressobars. Da stört die Natur überhaupt nicht mehr, und man kann guten Gewissens den breiten Arsch ins plastoline Rattan-Gestühl parken, ohne dass Mutter dauernd mit Spaziergängen durch die Dünen nervt.

ZU VIEL KULTUR

»Forum zeitgenössischer Höhlenmalerei an der Kunstakademie«

Das Wissen der Menschheit verdoppelt sich derzeit alle drei Jahre. Damit kommen die meisten Torfnasen problemlos zurecht, selbst wenn es sich alle drei Tage halbierte, würde es ihnen nicht auffallen. Anders steht es mit der Kultur, deren Auswurf wächst zwar nicht so rasend schnell, steht aber dafür länger im Weg rum. Theater, Oper, Bücher, Museen, Videospiele, Malerei und Performance, Kino, Fernsehen, Internet und Popkonzert, Ballett und Larp-Festival, Slam-Poetry, Autorenlesung, Diavortrag … mir reicht's! Und? Hast du den neuen Houellebecq schon gelesen, American Sniper gesehen? Ey, wie findste das Spin-off von Breaking Bad? Einen echten Günther Uecker gibt's jetzt für knappe 6000 Schleifen bei n-TV-Art, ein Skandal! Was läuft denn zurzeit in der Schaubühne? Find ich 'ne irre Idee, das mit dem Shakespeare-Theater. Magst du am Montag mitkommen in »Das Interview«? Läuft in dem neuen Edel-Kino, wo man die Beine hochlegen kann. Wie, du kannst nicht? Was läuft da im Fernsehen? Homeland? Das stimmt doch überhaupt nicht. Ach, ihr guckt euch montags immer die alten DVDs an, das ist dann wie früher Fernsehen. Verstehe!

Kann es sein, dass es einfach viel zu viel Kultur gibt, dass immer neue Medien und Produkte um die Aufmerksamkeit der immer weniger werdenden Rezipienten buhlen? Und so gut wie nichts von dem, was vor Zeiten die Menschen elektrisierte, stirbt. In den zwanziger Jahren sind Leute in die Tanzsäle geströmt, um dort gemeinsam Radio zu hören. Da haben wir aber noch mal

Glück gehabt, dass diese Kunstform nicht mit öffentlichen Geldern gefördert wurde, nachdem jeder zu Hause einen Empfänger hatte. Ist es andererseits ein erhaltenswertes Kulturgut, Filme auf riesigen Leinwänden zusammen mit dreihundert Taco-Fressern anzugucken? Müssen Lichtspieltheater demnächst genauso gefördert werden wie ihre halbtoten Cousinen? Immer mehr Formen der Kultur konkurrieren miteinander, und immer geringer wird die Chance, jemanden zu treffen, der zufällig in derselben Nische unterwegs ist. Kultur als Gesprächsstoff, Bindeglied und gemeinsamer Aufreger in der Zivilgesellschaft schwindet dahin. Nicht mal mehr über den Tatort am Sonntag entsteht ein Gespräch so ohne weiteres. Über irgendeine Theaterpremiere schon mal gar nicht, und den verdammten Houellebecq hab ich immer noch nicht gelesen. Maximal zwei Wochen geb ich mir noch, ab da wird's peinlich, wenn man ihn dann noch liest. Das ist so, als trompete man auf einer Party in die Runde: »He, Leute, ich hab ›Das Parfum‹ von Süßkind gelesen. Ein total witziges Buch.« Alle gucken betreten zu Boden. Was wollte ich eigentlich mit diesem Beitrag sagen? Ich weiß es auch nicht, es ist mir einfach alles zu viel.

DIE ERSATZRELIGION

Zwölf Jünger und nur elf Freunde

Kaum freuen sich mal Menschen über irrationale Dinge, spricht man von der »Ersatzreligion«. Entschuldigung, dass wir uns nicht gleich gegenseitig umbringen, wie sich das für eine richtige Religion gehört. Zugegeben, einige Parallelen drängen sich auf: Die Alt-Prostata-Clique der FIFA ist nicht weniger korrupt und undurchsichtig als der Mümmelpriesterverein in Rom. Auch mit den Millionen und Milliarden nimmt man es auf jeder Seite des Erlösungsversprechens nicht ganz so genau. Sündhaft teure Tempel bauen beide gleichermaßen, allerdings das Maracana-Stadion für fast 80 000 Menschen, die Trutzburg in Limburg nur für einen verwirrten Bischofsdarsteller. So darf man sicherlich fragen, ob nicht vielmehr die Religion ein Ersatzfußball ist. Ersatz deshalb, weil nicht halb so spannend und vom Regelwerk etwas unausgereift. Sicher ahnt nicht jedes angepinselte Jubelgesicht von der Fanmeile genau, um was es sich bei einem Abseits handelt, wann es passiv oder aktiv ist und wie zum Teufel der Mann mit der Fahne das ohne Zeitlupe und virtuelles Freistoßspray über die komplette Spielfeldbreite überhaupt beurteilen kann.

Doch das ist nichts gegen die Jungferngeburt Mariens oder gar die Dreieinigkeit aus Vater, Sohn und Brieftaube. Ganz zu schweigen von der Heiligsprechung eines Papstes, der, obwohl schon tot, durch sein Foto auf einer Illustrierten eine Todkranke gerettet haben soll.

Meine Fresse, da lauf ich aber schnurstracks über meinen inneren See Genezareth, wenn ich so was höre. Und weil sich der ganze Mummenschanz dem normalen Alltagsverstand komplett verschließt, bedarf es ständig tagender Expertengremien, um so zu tun, als ob alles seine Ordnung habe. Wenn in dieser Woche Deutschland die Ankunft ihrer messianischen Mannschaft in nationaler Verzückung gefeiert hat, so sind dem Phänomen religiöse Züge nicht abzusprechen, aber wieso »Ersatz«? Muckefuck ist Kaffeeersatz, und ein Sojawürstchen schmeckt nach warmer Hundescheiße, aber Fußball ist und bleibt einfach nur Fußball. Und so soll es auch sein.

LOVE-PADLOCKS

Schließmuskel der Paarbeziehung

Selbst an der Kanalbrücke in Königs Wusterhausen hängen sie schon, die Liebesschlösser oder Love-Padlocks, wie wir modernen Movers and Shakers sagen. In Köln kracht demnächst die Rheinbrücke unter ihnen zusammen, in Paris ist schon das Geländer des Pont des Arts unter ihnen zerbröselt. Noch trauen sich die Kommunen nur im Schutze der Dunkelheit, diesem Irrsinn mit dem Bolzenschneider beizukommen. Wieso geraten normale Menschen auf den behämmerten Gedanken, ihren Liebesbund ausgerechnet mit einem Vorhängeschloss zu besiegeln? Wirft das nicht ein gar zu düsteres Licht auf den Zustand ihres gegenseitigen Geschlechtsteilnutzungsabkommens auf Gegenseitigkeit? Sicher, der Ring am Finger ist auch nicht gerade ein Freiheitssymbol, und die Kette am Hals zum Valentinstag spricht auch eine eindeutige Sprache. Wer dabei noch glaubt, die Paarbindung sei irgendwie ’ne lockere Sache, wird spätestens dann eines Besseren belehrt, wenn das Säugetier neben einem zum Anbringen des Vorhängeschlosses am Brückengeländer trompetet. Da fällt es selbst dem härtestgesottenen Serienmörder schwer, der schließwütigen Braut eine Abfuhr zu erteilen: »Du, lass mal, Schatz, ich find, das ist ’ne blöde

Idee.« Man ahnt, was die Schlosserin darauf repetiert: »Du liebst mich also nicht.« Völlig baff antwortet der Großhirnbetreiber: »Wie, dass ich kein verschissenes Bügelschloss an ein rostiges Geländer anbringen und den Schlüssel in den Fluss schmeißen möchte, bedeutet für dich, ich liebe dich nicht?« – »Genau!«, kommt es ohne zu zögern aus dem Mund der Doppel-Ixerin. Männer, die noch an das Vorhandene im Hirn glauben, trennen sich jetzt sofort und besorgen sich einen Border Collie, dem kann man jedenfalls noch etwas beibringen, die restlichen 99,9 % geben klein bei, latschen zu dem rostigen Brückengeländer, an dem hunderttausend andere Kackbirnen schon ein Vorhängeschloss angebracht haben, und hängen das mit »Jutta und Heinz« geritzte noch dazu. Selig blickt sodann das Weib in die Augen seines Männchens, und jenes weiß, dass schlau sein wollen auch keine Lösung ist – jedenfalls nicht im Paarbetrieb.

DAS GLÜCK

Vier Thesen, um es zu überleben

In der Sprache ist die Erfahrung von hundert Generationen aufbewahrt, manchmal auch beerdigt. Wenn die Sprache einen Menschen, dem das Glück zuteilwird, als Pilz bezeichnet, so sollte einem das schon mal verdächtig vorkommen. Nur der Fuß ist ähnlich gebeutelt. Was aber unterscheidet den Glückspilz von der Interdigitalmykose, also dem Fußpilz? Das Glück ist flüchtig, ganz im Gegensatz zu seinem Vetter in den Zehenzwischenräumen. Tauschte man die beiden – wäre uns also statt nicht weichen wollendem Fußpilz das Glück ewig hold –, könnten wir dann glücklicher sein? Eben nicht: Während uns der kleine Freund im feuchtwarmen Biotop der Polyacrylsocke ein Leben lang mit immer wieder neuem Juckreiz versorgt, unterliegt die Glückserfahrung einer gewissen Ermüdung, wenn sie zu oft geschieht. Sechs Richtige plus Zusatzzahl zehnmal in Folge, wen würde das nicht abstumpfen. Auch die dritte Ehe mit einem Supermodel ist nicht mehr ganz so prickelnd wie die erste. Wir notieren:

Die Beständigkeit des Glückes in Abhängigkeit zum Herbeisehnen ist umgekehrt proportional zu der des Fußpilzes.

Wenn man davon spricht, dass jemand »Glück gehabt hat«, so sagt die Sprache nicht, dass derjenige zum Beispiel die schärfste Frau des Dorfes »abgekriegt« hat, sondern dass er trotz »Braten-in-die-Röhre-Einschubs« bei der schrappigsten Tochter an einer Heirat so eben noch vorbeigeschrammt ist. Dieses unverhoffte Glück wurde ihm zuteil, weil er direkt vor der Kirche von einem Dachziegel so unappetitlich im Gesicht getroffen wurde, dass es wohl auf ewig entstellt bleibt. Selbstredend verzichtete die Braut stante pede darauf, ihr Leben an der Seite Quasimodos zu führen. Haben jetzt eigentlich beide Glück gehabt oder Pech? Nein, es nennt sich »Glück im Unglück« und ist oft befriedigender als das »Glück an sich«. Wenn sich ein Dachziegel löst und direkt neben einem niederschlägt und man selber bleibt unverletzt, so hat man auch »Glück gehabt« – nur nicht immer (s. o.). Was also bleibt:

Das Glück ist relativ, der Tod ist absolut. Wie kann es da ein glückliches Leben geben?

Schöner Mist!

Bevor wir uns mit dem Glück als solchem weiterhin befassen, möchte ich auf eine spezielle Form der Pechvermeidung hinweisen, die auch mit dem Glück verbunden ist. Fahre ich mit 140 km/h durch eine Ortschaft oder parke tagelang im absoluten Halteverbot und werde nicht erwischt, dann »habe ich Schwein gehabt«, also Glück als Abwesenheit nicht von Pech, sondern völlig gerechtfertigter Bestrafung. An wenigem hat der Mensch ja so viel Spaß, wie daran, bei Gesetzesübertretungen nicht ertappt zu werden: Geschwindigkeitsüberschreitungen, Schwarzarbeit, Sozialbetrug, Steuerhinterziehung sind des kleinen Mannes stille Freuden. Doch wehe, jemand hinterzieht in Millionenhöhe dem Fiskus die Penunzen, dann ist die Empörung groß, denn der scheinheilige Stinkstiefel ahnt, dass hier sein eigenes kleines schmutziges Paradies gefährdet ist. Vorsichtig formuliert kommt hier folgende These zum Glück.

Nicht von einem herabfallenden Goldbarren getroffen zu werden ist ein Stück vom Glück. Den Goldbarren dann eingesteckt zu haben und nicht erwischt zu werden – ein weit größeres Stück.

Um dem Glück jetzt endgültig den Nimbus des Erstrebenswerten zu rauben, weise ich auf seine abgeschmackteste Form hin: In Sri Lanka schwappt der Tsunami über den Strand, reißt Tausende mit sich in den Tod, nur Familie Katzmarek bleibt verschont, weil sie zum Scheißen in die deutsche Botschaft fuhr, der Hygiene wegen: Glück gehabt. Wobei jetzt nicht die hygienisch einwandfrei abgeseilte Analfrucht den größten Teil der Glückserfahrung ausmachte, sondern der zeitgleiche tausendfache Tod der anderen. Hier zeigt das Glück seine ganz besonders hässliche Fratze. Eine spezifisch deutsche Form des Glücksempfindens als wohliges Gruseln am entgangenen Pech ist die Massenkarambolage auf der Autobahn. Sich förmlich einnässend vor klammheimlicher Freude, berichtet Vattern von den vierzig Toten auf der A7 Höhe Drispenstedt am Sonntag – und jetzt kommt's: Genau da sei er eine Woche vorher auch hergefahren, mithin haarscharf dem Tod entronnen. Wie beschämend grau muss das Leben sein, wenn einem dieses Konstrukt schon reicht, um sich daran aufzugeilen. Wir wagen als Schlussfolgerung:

Glück lebt von der Differenzwahrnehmung. Nur wenn etwas gleichzeitig bei anderen oder zeitlich getrennt bei einem selber möglichst maximal scheiße war, wächst daran das Glücksempfinden.

Daraus folgt, dass es das absolute Glück schon aus Prinzip nicht geben kann, da Glück allein gar nichts ist.

Was berichtet uns der Volksmund noch zum Thema? »Das höchste Glück der Erde liegt auf dem Rücken der Pferde!« Das klingt zwar auch etwas sehr herbeigeholt, hat aber gegenüber allen anderen Glückslabereien den Vorteil, die Sache nicht allzu hoch aufzuhängen.

Bleibt zum Schluss noch der Frage nachzugehen, ob es so was wie ein »glückliches Leben« geben kann. Nein, aber es gibt ein »geglücktes Leben«, und wem es gelingt, die Fährnisse des Lebens erfolgreich zu umschiffen, der »hat Glück gehabt«.

Das richtig Gemeine am »Glücklichsein« ist jedoch, man weiß erst, dass man's war, wenn's vorbei ist.

Schöne Scheiße!!!

DATENKLAU

Mach's noch einmal, Uncle Sam

Das Militär kennt die »Verleitung zum Kameradendiebstahl«, wenn der Bestohlene sein Schließfach unverschlossen ließ, die Versicherung mault, wenn in Neapel der unverriegelte Porsche abhandenkommt, und spricht von der Schaffung tatgünstiger Umstände. Warum aber glaubt eine Nation, die ihr ganzes Leben bei Facebook, Google, Apple und Amazon veröffentlicht, die ihren kompletten elektronischen Schriftverkehr über amerikanische Server abwickelt, deren Erinnerungen und Geheimnisse, Erfindungen und Patente in einem NSA-Briefkasten namens »The Cloud« verschwinden – warum glaubt diese Nation von Schäfchen und Vollidioten, ihre Daten würden nicht ausgespäht? Was ist von einer der führenden Industrienationen der Welt zu halten, deren Regierung es nicht mal schafft, ihre Kommunikationswege abzusichern – vielleicht sollte sie so lange auf reitende Boten oder Brieftauben zurückgreifen, bis sie in der Gegenwart angekommen ist. Und zum Dritten: Wie ist eine Gesellschaft zu bewerten, die ein moralisches Gejaule anstimmt, obwohl sie aus selbstverschuldeter Unmündigkeit die Hoheit über ihre Privatsphäre verloren hat? Ich würd' mal sagen: Geht in' Arsch, ihr Trottel! Bravo, Barack Obama, recht so NSA – ihr habt wieder mal gezeigt, wo hier der Hammer hängt. Wenn man beim aktuellen iPhone schon den Fingerabdruck abliefern muss, dann ist's nicht mehr weit, bis die Doofen ihren Pimmel vor die Linse halten, um sich biometrisch auszuweisen. Blödheit ist schließlich der einzige Kontinent, der täglich wächst. Und noch ein letztes Lamento: Was ist eigentlich mit diesem sogenannten Europa los, das kein eigenes Navigationssatellitensystem zustande bringt, keinen nennenswerten Mobilfunkhersteller mehr hat, keine Softwareschmiede für weite Verbraucherkreise, insgesamt weniger zukunftsweisende Entwicklungen als Südkorea, aber Dunstabzugshauben und Wäschetrockner verbieten und die Durchflussmenge von Duschköpfen reglementieren will – ist dieser Kontinent von Pennern es überhaupt der Mühe wert, dass die NSA ihn ausspäht? Schade um die amerikanischen Steuergelder.

STEUERMORAL

Die Mär von den Schlupflöchern

Jetzt reicht's aber auch mal, dieses Pastorengesülze über Steuermoral. Welcher Idiot drückt denn schon aus moralischen Gründen – das hieße ja freiwillig – einen Batzen Kohle an den Staat ab? Es sind ja beileibe nicht nur niedliche Kinderkrippen und prächtige Autobahnen, die er damit finanziert. Steuern zahlt jeder Bundesbürger, weil es das Gesetz so will und im Falle des Nichtbegleichens der Leviathan in Gestalt des Gerichtsvollziehers nebst zähnefletschenden Doberleuten vor der Haustür steht. Deshalb denkt sich jeder vernünftige Bürger: Besser, ich drück die Knete ab, sonst geht's in den Bau mit den Gemeinschaftsduschen zum Seifeaufheben. Tut sich allerdings irgendwo ein winziges Türchen auf, durch das der gleißende Strahl der Steuervermeidung den Bürger trifft, dann gibt's kaum jemanden, der dieser Verheißung widerstünde. Und genau das ist der Unterschied zur Moral. So gut wie keiner von uns würde andere ermorden oder ausrauben, allein aus dem Glauben heraus, dabei nicht ertappt zu werden. Moralisches Bewusstsein wird schon beim Kleinkind implantiert, schon der Dreijährige lernt, sein kleines Schwesterchen nicht vom Balkon zu schubsen. Die moralischen Implikationen des Steuerrechts sind ihm allerdings noch völlig fremd. Kommt er nach ca. zwanzig Jahren in die bedauerliche Lage, sich selbst an der Finanzierung des Staates beteiligen zu dürfen, ist sein moralischer Verhaltenskodex bereits vollständig ausgebildet und abgeschlossen. Somit kann man sich das Talkshow-Gebarme um die mangelnde »Steuermoral« am besten quer in den Arsch reinschieben. Es gibt nur zwei Dinge, die den Bürger dazu bringen, seinen Obolus an den Staat zu entrichten. Das eine ist restriktiv, das andere wäre einem demokratischen Gemeinwesen angemessen. Die restriktive Variante ist die zurzeit praktizierte: durch Ankauf von Steuer-CDs und öffentlicher Bloßstellung die Angst der Missetäter zu schüren. Eleganter wäre es dagegen, das Steuersystem und die Staatsausgaben so nachvollziehbar zu gestalten, dass es auf die Einsicht des Steuerzahlers träfe, nicht auf seine Angst vorm Erwischtwerden oder schwurbelige Moralvorstellungen. Im Gegensatz zur

Moral nämlich bildet sich bei vielen die Vernunft erst mit dem Erwachsenwerden und nimmt teilweise mit dem Alter sogar zu.

IDENTITÄTSKRISE IN DER REPRODUKTIONSSTÄTTE

Die Angst der Deutschen vorm Elternsprechtag

Nach der Heiligsprechung der Alleinerziehenden durch die Grünen sind konventionelle Eltern, zumindest was die Selbstverständlichkeit ihrer Identität betrifft, in die Defensive geraten. Sich als »normal« zu bezeichnen verbietet von vornherein der politische Richtigsprech. Das hat nicht mal ein 95-prozentiger Hetero-Anteil in der Bevölkerung geschafft. Als »Anderserziehende« will man sich auch nicht in die Ecke drängen lassen – was also bleibt? Der Königsweg, um sich in der postheroischen Gesellschaft zu behaupten, heißt, sich selbst als Opfer neu zu erfinden. Nun ist das Elternsein sicherlich oft fremdbestimmt und beschwerlich, Elternwerden gilt in einer Welt der Erwachsenen jedoch immerhin als freiwillige und bewusste Entscheidung. Mit großzügiger Unterstützung der Allgemeinheit seine Gene in die nächste Generation zu katapultieren, steht der Selbstwahrnehmung entgegen, durch die Kinderaufzucht einen demographischen Märtyrerdienst zu leisten. Moralisch ungetrübt betrachtet ist von beidem etwas dabei: Allein der Kontakt mit der irrlichternden Schulpolitik ist nichts, das man seinen schlimmsten Feinden wünschte. Man muss Respekt haben vor allen Menschen, die statt mehrmaligen Tauchurlauben pro Jahr auf diesem Kontinent des organisierten Schwachsinns verweilen. Andererseits ist – zum Glück – die menschliche Reproduktion und Erziehung keine Herdbuchveranstaltung und bringt deshalb nicht nur Sieger hervor. Umso mehr opfern sich in dieser Logik aber Menschen auf, die trotz Gefahr des suboptimalen Gelingens der Bälgeraufzucht eine gesellschaftliche Aufgabe solcher Größenordnung wahrnehmen. Wenn dann auch noch die Kita-Gebühr den Preis einer Alufelge übersteigt, ist das Geschrei groß. Das Studium darf nichts kosten, sonst droht der Bildungsnotstand. Umstände, über die man in jedem Ausland, außer vielleicht in Nordkorea, nur den Kopf schüttelt. Traditionelle Elternopferverbände monieren zudem in schöner Regelmäßigkeit, dass in Deutschland mehr Geld für Heimtiere ausgegeben wird als für Kinder. Mal angenommen, das stimme wirklich: Ist es nicht eher eine Schande, dass manchen Eltern ihr Kind weniger wert ist als anderen Menschen der Hund oder das Meerschweinchen? Abgesehen davon darf man bei uns sein versteuertes Einkommen immer noch ausgeben, wofür man will. Und ob da Tierbedarf moralisch verwerflicher ist als ständig neue Smartphones muss jeder gemäß seiner ideologischen Verblendung allein beantworten. In all diesem emotional aufmunitionierten Kuddelmuddel ist die Elternschaft mittlerweile ihrer nicht erklärungsbedürftigen Selbstverständlichkeit beraubt worden. Welcher Frau wäre es vor Jahren eingefallen, zum Beispiel die persönliche Auffassung zu Sinn und Fruchten der Energiewende mit dem Satz zu beginnen: »Ich als Mutter …«, als ob das der Meinung den nötigen argumentativen Drall gäbe. Ist das Selbstverständliche erst dahin, meldet sich der Trotz. Nur so ist das Insistieren auf die vollzogene Reproduktionstätigkeit bei allen möglichen Gelegenheiten zu verstehen. Die Identitätskrise der Elternschaft zeigt sich am deutlichsten dort, wo das Private und das Öffentliche krass aufeinandertreffen: in der Schule. Niemand der Beteiligten weiß noch, wofür er eigentlich zuständig ist. Die Erziehungsanstalt nimmt ihre zweitwichtigste Aufgabe nicht mehr wahr, nämlich die Eltern halbe Tage lang rücksprachefrei von der Anwesenheit ihrer Ran-

Als seine Frau fragte, wo er denn die alten Plastik-Öltanks entsorgt hätte, musste Hermann grinsen.

gen zu befreien. Andauernd müssen sie sich mit irgendwelchen Schulpsychologen treffen und deren sozialpädagogischen Mummenschanz mitmachen. Da war das Elternsein in der prätherapeutischen Epoche deutlich angenehmer. Aber auch die Erzeuger stehlen sich aus der Verantwortung und denken gar nicht daran, einen halbwegs veredelbaren Rohling an der Schulpforte abzuliefern. So wundert's einen nicht wirklich, dass immer mehr Wohlstandsmenschen die Anreicherung der Welt mit Neubürgern denen überlassen, die sonst nix vorhaben.

DIE NACKTMULCHE

Putins Prätorianer

Endlich! Die Diplomatie geht in die Hände des Volkes über. Wie schon einmal in der Geschichte weist die ruhmreiche, aber abgekackte Sowjetunion den Weg. Statt die Völkerverständigung kompromissverweichlichten Berufspolitikern zu überlassen, schickt Wladimir Putin seine private Prätorianergarde: Die Rockertruppe der Nacktmulche oder Nacktärsche oder so ähnlich. Gestandene Hohlbirnen auf zumeist amerikanischen Motorrädern. Russischer Chauvinismus bis hin zur unverhohlenen Stalinverehrung schön und gut, aber so weit, sein Leben russischen Motorrädern anzuvertrauen, geht die Liebe zu Mütterchen Russland dann doch nicht. Erstmals weltweit in Erscheinung traten die geistigen Nachthemden, als sie eine sogenannte Gedenkfeier zum 70. Jahrestag der Schlacht um Stalingrad abhielten. Genau wie ihre Neonazi-Kollegen in Deutschland versuchen die Russen-Nazis, das Pseudogedenken an Kriegsopfer in xenophobes Geprotze umzuwandeln. Dazu sollte auch die lange angekündigte

Siegesfahrt nach Berlin, unterbrochen durch diverse Kranzniederlegungen, dienen. Darf eigentlich jedes Arschloch, wo es gerade Lust hat, einen Kranz niederlegen? Was ist mit der Totenehre? Die können sich schließlich nicht wehren, wenn man auf ihre Gräber spuckt. Hat der Staat nicht die Pflicht, im Rahmen der Grabpflege das gröbste Unkraut fernzuhalten? Bei der Rocker-Kranzniederlegung in Wien war sogar der russische Botschafter anwesend. Wie tief kann dieses Land eigentlich noch sinken? Geht einer Bevölkerung der Arsch wirtschaftlich metertief auf Grundeis, ist es nur zu gern bereit, große Teile des Hirnvolumens über Jahre stillzulegen. Wer, wenn nicht die Deutschen, könnte darüber ein strammes Horst-Wessel-Lied singen? Russland, regiert von einem Irren mit schütterem Haar und noch ausgedünnterer Verantwortung, ist auf dem besten Weg, die übelsten Seiten seiner Geschichte in Glorie zu verkehren und sich damit über die beschissene Gegenwart hinwegzulügen. Wenn im Staatsfernsehen einer der drei größten Massenmörder aller Zeiten zum Volkshelden verklärt wird, dann ist dort allmählich alles möglich. Wer weiß, vielleicht fahren irgendwann am 23. August deutsche Rocker zum Gegenbesuch nach Moskau, wenn es gilt, den Jahrestag des Hitler-Stalin-Paktes zu begehen. Teutonische Kleinhirn-Biker legen einen Kranz am Gebiss vom GröFaz in Moskau nieder und reichen sich am Stalindenkmal mit den russischen Nacktmulchen die Fäuste. Auch so kann Völkerverständigung aussehen. Schöne Scheiße!

VISIBILITY

… ist der Gegensatz zu »Hillbillity«

Kommt eine Zeitgeistphrase in englischer Sprache daher, reicht das oft schon als Ausweis ihrer Beklopptheit. Aktuell sind wir aufgefordert, unsere »Visibility« zu steigern – gleichgültig, ob wir ein Schokoriegel im Regal sind oder ein arbeitsloser Klopapier-Provider –, sieht uns niemand, dann sind wir unsichtbar, und es ist, als ob es uns gar nicht gäbe. Drum gehen Omega-Ex-Prominiden-Zombies in den Kakerlakenfresser-Stadl, und an sich sogar integre Prominente schämen sich nicht, bei Markus Lanz auf dem Sofa rumzufläzen und dummes Zeug zu plappern. Nur der Visibility wegen! Und warum das alles? Weil niemand mehr nach etwas sucht, schon gar nicht nach Erbauung und Erleuchtung, muss man dem zweibeinigen Scheiße-Automaten alles vorkauen und vorzeigen, und zwar dort, wo er sowieso mental unterwegs ist: »Hier, guck mal, du Horst, das ist neu, das ist interessant, das wird von anderen Doofköppen auch gekauft und angeglotzt. Also ist es auch was für dich, weil du auch ein Doofkopp bist.« Und was wäre man lieber als jemand, der dazugehört? Denn ist die Visibility im Arsch, dann ist man auch als Konsument ein Nichts und Niemand, eine halbverweste Krampe jenseits von 49, für die sich keine Marketing-Anstrengung lohnt, denn das halbtote Konsumvieh ändert seine Fressgewohnheit ohnehin nicht mehr: einmal Zwieback in Muckefuck gestippt und das für lecker befunden, und schon ist das Leib-und-Magen-Gericht für die Ewigkeit eingetütet. Was soll sich da der Markenhersteller noch anstrengen, um den Proto-Verwesenden auf Donuts und Muffins zu prägen? Doch diese Zeiten sind vorbei, gerade die Grauschädel haben Moos in der Tasche und sind jenseits der 50 nicht nur bereit, für 'ne Tüte Kartoffelchips ihre Alte einzutauschen, sondern sogar die Kartoffelchips-Marke zu wechseln. Da lohnt Visibility sogar in der Generation Endspurt. Für die Insassen selbiger ist es sogar noch wichtiger, sichtbar zu bleiben, um bei Cellulite.de einen Partner mit Niveau abzugreifen. Aufmerksamkeit ist die Währung der Moderne, und erheischen wird man sie nur, wenn man nicht nur sichtbar bleibt, sondern sich immer wieder neu ins Zentrum drängt. Gestern nannte man das unbescheidene Auftreten noch »Vordrängeln« und »Angeberei«. Seitdem es »Visibility« heißt, muss man sich jedenfalls nicht mehr dafür schämen.

POLITISCHER ASCHERMITTWOCH

Kotzebecken der Spaßbremsen

Wenn sich brav gescheitelte Polit-Olme von der CSU und selbst struppige Tofutanten der Grünen in Aal-Jürgen und Wurst-Achim verwandeln, dann wissen wir: Es ist politischer Aschermittwoch. Als ob es noch einer Senkung des Niveaus bedürfte, fließt an diesem Tag die politische Meinung direkt und stinkend aus dem Afterloch der Parteien hervor. Aus Feigheit oder Scham verzichtet man, anders als in der alltäglichen Auseinandersetzung, auf den angebrüllten Gegner. Ist man unter sich, lässt sich auch viel leichter das Maul aufreißen. Wie eine Horde fetter Schweine wälzen sich alle in derselben

Scheiße, bis ein jeder den Stallgeruch angenommen hat. »Wir gehören zusammen und stehen füreinander ein« – das ist die Lügenbotschaft des Aschermittwochs. Sobald der Alkoholnebel verflogen und die Schweinshaxe langsam in den Furzkasten hinabgesunken ist, weiß ein jeder: Freunde findet man unter Modellbahnern und sogar noch eher im Fratzenbuch, aber doch nicht in einer Partei. Umso wichtiger ist es, zumindest einmal im Jahr den Popanz der gemeinsamen Sache aufzuplustern. In der Halle steht bereits ein Hecht aus schalem Bier und analem Brodem, wenn der Pavianhäuptling die Bühne erklimmt. Bei jedem verbalen Tiefschlag von dort oben explodieren die genetischen Fehlzündungen unten im Saal. »Ja, so isses, mia san mia, und die anderen, des san die, des san die, wo mir nit wollen, dass die sind.« Erneut frenetischer Jubel in der Leichthirngruppe. Ja, es muss wohl so sein, dass, ähnlich wie im Karneval ganz allgemein, der Brutkasten überm Hals einmal pro Jahr komplett von Milben befreit werden sollte. Im Helau-Gulag allgemein ist es der Rückfall in eine Vorstufe der Wirbeltiere, im politischen Aschermittwoch ist es der Kehraus des Verstandes, um Platz zu schaffen für bräsig-bierseligen Einverständnis-Schleim, den man sonst nur aus linken Kabarettveranstaltungen kennt. Was wieder einmal zeigt: Das Weltall ist gekrümmt, und in der irdischen Unendlichkeit des Hordenerlebnisses berühren sich die Parallelen – jetzt mal sehr frei aus einer nichteuklidischen Warte heraus gesprochen, oder so ähnlich, ist auch egal. Adieu Helau!

ALLES ATMET

Hilfe, mein Schlüpfer lebt

Einatmen, ausatmen. Einatmen, ausatmen: Das ist das Leben. Und wenn der letzte Atemzug die leibliche Hülle verlässt, dann war's das. Gott selbst hatte einst den toten Klumpen auf Erden seinen Atem eingehaucht und sie damit zum Leben erweckt. Da frage ich mich, ob Gott das auch mit der Goretex-Membran gemacht hat, die atmet nämlich auch. Lebt etwa jetzt meine Regenjacke? Überhaupt atmet eigentlich immer mehr: Die moderne Fabrik atmet ein und aus, nicht etwa, wenn die Sirene ertönt, sondern wenn Arbeiter eingestellt und kurz darauf wieder entlassen werden, je nach Auftragslage. Die Hauswand, besonders im Badezimmer, sollte auch immer mal wieder kräftig durchatmen, sonst bildet sich der Schimmel hinterm Duschvorhang. Die Ökohöhle allerdings wird künstlich beatmet, wo kämen wir denn da hin, wenn die Wand, das Fenster oder etwa die Bewohner – oh Graus – selbst entschieden, wann sie natürlicherweise ein- und ausatmen möchten? Nix da: Die Fenster bleiben zu, die Wand wird mit Plastikmatratzen erdrosselt, und das Atmen besorgt eine Zwangsbelüftung mittels elektrischer Stellmotoren. Da ist es bis zum Niedrig-Energie-Bewohner nicht mehr weit, der selbst zwangsbeatmet wird, um die Körperwärme aus Furzgasen und Bärlauch-Brodem rückzugewinnen. Dort, wo man die Frischluft am wenigsten vermutet, wird ganz doll gehechelt: drunten im Schlüpfer, der ist nämlich atmungsaktiv. Hilfe, meine Unterhose lebt! Und die aller anderen um mich herum ebenfalls. Ich ahnte es doch, der Gestank inmitten vieler Menschen entfleucht nicht deren Mund- oder Achselhöhle: Es sind die Schlüpfer, die alle gemeinsam ausatmen, sie sind schuld, wenn dunkle Wolken aufziehen im U-Bahn-Abteil. Da selbst die Leibwäsche dem Trend gehorcht, warum atmet dann nicht längst viel mehr? Die Ehe! Ein. Aus. Morgens verheiratet, abends 'ne andere, das nenn ich Leben. Die Politik macht es uns doch vor: Heute dies, morgen das Gegenteil: Die atmende Koalition. Auch Putin weiß, wie's geht: Krim einatmen, Ukraine ausatmen. Interessant wird's erst, wenn der ganze Planet, auf dem wir uns gegenseitig zwangsbelüften, UNS ausatmet. In diesem Sinne, einen schönen Tag noch!

SITZEN

Beliebteste Bewegungsform des Deutschen

Der Deutsche sitzt sehr gern. Stehen ist nicht so sein Fall, denn Stehen ist nicht einfach Stehen, es ist Schlange stehen, strammstehen oder einfach blöd in der Gegend rumstehen. »Wohin mit den Händen« ist da noch das geringste Problem, deshalb liebt der Deutsche das Sitzen: allein am Tisch, vor der Glotze oder auf dem Scheißhaus, das ja im Gegensatz zum traditionell mediterranen Abort auch mit einem Sitzmöbel ausgestattet ist. Oft sitzt der Germane auch mit anderen Artgenossen zusammen, im Bierzelt oder im Biergarten. Mit einem guten Dutzend Futter-Mitbewerbern rund um einen Esstisch zu hocken wie der Italiener, findet er nicht so prickelnd, denn ungewiss ist die Aussicht, sowohl rechtzeitig als auch von der Menge her genug von der Atzung abzubekommen. Bier ist was anderes, davon ist ja immer reichlich da. In der saufenden Sitzordnung gilt es nur zu beachten, dass für alle Teilnehmer der exklusive Zu- und Abgang vom Sitzmöbel ständig gewährleistet sein muss, denn nichts hasst der Deutsche so sehr, wie jemanden zum Aufstehen bewegen zu müssen, wenn die Blase nach Drainage brüllt. Ein Kuriosum in der hiesigen Sitzkultur ist die Rundsitzgruppe. Sie gibt es in zwei Versionen: einmal als beliebtes Möbel in Campinganhängern und Wohnmobilen, dort ist sie als u-förmige Eckbank ausgeprägt und im eigentlichen Sinne nur eine Halbrundsitzgruppe. Die Draufsitzenden sind hier einander zugewandt. In der Mitte steht ein kniemordender Spanplattentisch, der gegenüberliegende Genitalräume von Blicken abschirmt. Man fragt sich bei dieser Konstruktion, welches Omegawesen der Campergemeinschaft wohl in den Scheitelpunkt des Halbrunds rücken muss, aus dem es bei anschwellendem Tidenhub im Harncontainer kein Entrinnen gibt. Warum sich überhaupt erwachsene Distanztiere ohne Not in solch eine Sitzklemme bringen, ist nur mit zunehmender Vermastschweinung des Bundesbürgers zu erklären. In süddeutschen Gefilden ist diese Form des Sitzpettings jedoch schon länger als »uffeinand hocket« oder so ähnlich bekannt. Ganz anders die zweite Version der Rundsitzgruppe. Es handelt sich dabei zumeist um eine Holzbank, die sich 360 Grad um einen Parkbaum windet. Wer hier Platz nimmt, muss mit niemandem sprechen, schon gar nicht mit seinem Arsch an fremden Pötern schubbern und kann pinkeln gehen, wann es ihm beliebt. Besagtes Sitzmöbel wird zumindest dem norddeutschen Naturell wohl am ehesten gerecht. So gern der Deutsche auch sitzt, was sich nicht zuletzt an seiner Vorliebe für sitzende Tätigkeiten zeigt, so muss

Mannheims Taxifahrer waren genervt: Ständig traten Reisende aus dem Hauptbahnhof und fragten, wie weit und vor allem wie teuer es sei bis Gurs. Nun endlich hatte die Stadtverwaltung gehandelt.

doch auch erwähnt werden, dass selbst die Gefängnisstrafe abgesessen wird und nicht ausgestanden. Sitzen hat eben in jeder Form etwas Duldendes an sich, gleich, ob jemand im Knast oder auf dem Finanzamt sitzt – ertragen muss man wohl beides. Die Duldungsstarre ist eben des Deutschen herausragende Eigenschaft, auch Probleme lassen sich aussitzen, und Angela Merkel sitzt nun schon seit zehn Jahren im Kanzleramt: Na bitte, besser sitzen bleiben als für etwas stehen.

ZEIT DER VERGLEICHE

Apfel-und-Birnen-Kompott

Hitler ist nicht Hillary und Putin nicht der neue Führer. Stalin war auch nicht ohne, und Mao ist kein Fruchtgummi. Im Bereich »Äpfel und Birnen« sprießen die seltsamsten Blüten. Unversöhnlich stehen sich die beiden Widersacher gegenüber. Die einen, die auf der Unvergleichbarkeit historischer Ereignisse aus moralischen Gründen bestehen: Der Holocaust darf niemals in Zusammenhang mit einem anderen Genozid erwähnt werden. Wird er damit nicht zu so was wie der hohen Schule des menschenverachtenden Ausrottens? Eine moralisch zumindest fragwürdige Hervorhebung im Angesicht der Banalität des Bösen. Alle anderen vergleichen alles und jeden rund um sich, da werden dauernd Rubikonse überschritten, da wird nach Canossa gelatscht, bis die Pappenheimer mit Kanonen im Hornberger Schießen auf Spatzen ballern. Es ist ein fröhliches Rumgefuhrwerke im Zitatenschatz der Geschichte, und keiner weiß, um was es damals ging und was zum Henker das mit heute zu tun hat. Nein, 2014 ist nicht 1914, salbadert bedeutungsschwanger ein Fusselautomat mitten in die Talkrunde hinein. Wer hätte das gedacht, und wenn doch, was hülfe es. Die Geschichte ist eine Abfolge singulärer Ereignisse, aus denen man wenig lernt. Und allzu oft verstellt das mühsame Rauspopeln scheinbarer Ähnlichkeit den Blick auf die jetzige Problemlage. Abgesehen davon, dass man, rein logisch betrachtet, natürlich alles mit jedem vergleichen kann, so muss man sich doch die einzig sinnvolle Frage dazu stellen, nämlich welchen Erkenntnisgewinn man sich davon erhofft. In der Regel kommt aber keiner. Der Vergleich oder besser gesagt »die Inbeziehungsetzung« zweier Personen der Zeitgeschichte dient ausschließlich einer Dämonisierung der gegenwärtigen: »Putin ist wie Hitler« – was soll so ein polemischer Schwachsinn? »Putin ist auch wie Jesus« – er kann übers Wasser gehen, und das sogar mit 25 000 Soldaten im Gefolge. Wer hat uns diesen ganzen Vergleichsmist eigentlich eingebrockt? War das etwa auch die Bibel? Matthäus 6, Vers 26: »Sehet die Vögel unter dem Himmel an: Sie säen nicht, sie ernten nicht, sie sammeln nicht in die Scheunen; und euer himmlischer Vater nährt sie doch.« Ornithologie: sechs, setzen! Dieser Vers hat ganze Hartz-Vier-Dynastien ins Unglück gestürzt. So ist das mit Vergleichen, sie stimmen zu Anfang nie, entwickeln aber schnell eine Eigendynamik, werden im schlimmsten Fall zur sich selbst erfüllenden Prophezeiung. Vielleicht wird Putin dann doch noch Hitler, wenn man es nur oft genug sagt!

ISLAM UND NICHT-MUSLIME

Wer definiert hier eigentlich wen?

»Wenn etwas im Namen des Islam geschieht, hat das nichts mit dem Islam zu tun.« Ein Satz, der auch dem Orwellschen Neusprech hätte entspringen können. Im Schatten der beeindruckenden Demonstrationen für die Meinungsfreiheit in Frankreich hat sich nahezu unbemerkt der Bazillus der Zensur eingenistet. Sowohl in Großbritannien als auch in den USA wurden die Karikaturen von Charlie Hebdo nur verpixelt abgedruckt, um die religiösen Gefühle der Muslime nicht zu verletzen. Da kommt das Blasphemie-Verbot im Mäntelchen der Toleranz daher. In Deutschland fordern Kirchenvertreter Respekt vor diesen ominösen Gefühlen. Mal abgesehen davon, dass man Respekt nicht fordern, sondern erwerben sollte, sehe ich es überhaupt nicht ein, jedweder bescheuerten Interpretation des menschlichen Daseins Respekt zu zollen, nur weil sie sich Religion nennt. Bemerkenswert ist derzeit auch die inszenierte Polarität zwischen »Islamfeindlichkeit« auf der einen Seite und dem »Aufstand der Anständigen« auf der anderen. Den selbsternannten Anständigen anzugehören ist wohlfeil, denn sie sind – und das ist ja auch gut so – die erdrückende Mehrheit und laufen kaum Gefahr, von Pegida-Anhängern auf offener Straße ermordet zu werden. Selbst unter denen aber gibt es niemanden, der die Traute hätte, sich selbst als »Feind des Islams« zu outen. Sosehr man auch die Dumpfbräsigkeit der Dresdner Demonstranten offen ablehnen sollte, so ist deren Verhalten weder schändlich noch abscheulich, sondern im schlechtesten Falle die dunkle Seite der angeblich so hochgeschätzten Meinungsfreiheit. Wenn die Emotionen hochkochen und man sich auf der moralisch sicheren Seite wähnt, beginnen die Begriffe zu oszillieren. Was beim Barte des Propheten ist eigentlich ein »Nicht-Muslim«, bin ich das auch? Ich bin nicht mal Atheist, so sehr geht mir die Religion am Arsch vorbei, es sei denn, Atheisten sind eine Vereinigung überzeugter Kaffeetrinker. Und warum heißt der militante Arm des Islam, der nichts mit dem Islam zu tun hat, Islamismus, aber warum sind Protestantismus und Katholizismus derzeit völlig unbewaffnet? Liegt das womöglich gar nicht an den jeweiligen Religionen, sondern an deren Einbettung in politische und wirtschaftliche Zusammenhänge? Unsere beiden christlichen -ismen sind durch Jahrhunderte der Säkularisation in die Knie gezwungen worden, und niemand nimmt mehr den homophoben, frauenfeindlichen und zum Massenmord auffordernden Blödsinn in der Bibel wörtlich – also fast niemand. Da sieht es bei den Anhängern des Propheten in den prekären Lebensverhältnissen eines Pariser Vorortes oder einer arabischen Diktatur ganz anders aus. Monotheistische Religion und Toleranz widersprechen sich schon von ihrem Absolutheitsanspruch her. Dennoch bin ich der traurigen Überzeugung, dass Terroristen wenn nicht den Islam, dann mit Sicherheit eine andere Begründung für ihre Morde gefunden hätten.

GUTE UND SCHLECHTE EMPFINDLICHKEITEN

Vierlagiges Toilettenpapier für die Seele

Das menschenähnliche Lebewesen in Mitteleuropa ist eine widerwärtige Mimose geworden: Es fürchtet sich vor tausend Emissionen und meint, ein Recht auf ewiges Leben einklagen zu können. Doch gibt es – bei aller Mimosenhaftigkeit – gerechte, wenn nicht gar natürliche Empfindlichkeiten wie das Menschenrecht auf keinen Flughafen in der Nähe für andere Menschen als man selber, aber es gibt auch Empfindlichkeiten, die sind verachtenswert und total schlechtmenschig, zum Beispiel keine Kinder im Cluburlaub. Regelmäßig scheiterten Rentnerpaare daran vor Gericht, wenn sie ihre Erholung durch die Anwesenheit von Kindern beeinträchtigt sahen. Die Steigerung der Abscheu ist eine Schadenersatzklage gegen den Reiseveranstalter, weil Behinderte oder wie man heute sagt »Andersbefähigte« den Urlaubsgenuss gestört haben sollen. Werden derartige Antitoleranzen noch mit einem Naserümpfen quittiert, so geht's an der Disco-Tür schon knallhart um Geld. Der Tanzclubbetreiber, der von seinem Hausrecht Gebrauch macht und jemandem mit »südländischem Aussehen« aus welchem Grund auch immer den Zutritt verweigert, darf dem Abgewiesenen ein paar Tausender blechen. Dieselbe Verhaltensweise – nämlich Ausländer, Migranten und Asylbesucher außen vor zu halten – gilt bei besorgten Eltern als akzeptabel: die Waldorf-Anstalt mit bestenfalls Migranten-light-Anteil und die Einschulung im rein arischen Stadtteil werden sozial nicht geächtet. Entnegerte Garded Communities in den USA gelten nicht als ausländerfeindlich, sondern als hip. Ausländer-Emission ist eben genau wie jede andere abhängig vom jeweiligen Brett vor dem Kopf der Emittierten. Alles nicht so einfach im Land der Sensibelchen. Der Anatole, der auf dem Balkon ein Schaf schächtet, ist ein hinterwäldlerischer Barbar, die Mutter, die ihr Kind vom Balkon wirft, war überfordert. Da fasst man sich doch an den Kopf. Auch Lärm zum Beispiel ist längst keine objektiv messbare Größe. Hundegebell in der Nachbarschaft ist Umweltbelastung, Kindergartengekreische laut Gerichtsurteil wertvoll. Beides ist an sich total nervig, aber was hinzunehmen ist, entscheidet nicht der Einzelne, sondern die unbestechliche Willkür des Gerichts. Etwas anders sieht es aus bei offen ausgetragener Unterhaltungsmusik: Ganz gleich, ob der Wendler oder Jan Delay nach 22 Uhr das Maul aufreißt, ab 40 Dezibel dreht der Staatsanwalt den Saft ab, und die anwohnende Mimose kann selig schlummern, bis die gewaltfreie Kita mit freilaufenden Rangen um halb sieben ihre Pforten öffnet.

TEILEN UND BEHALTEN

Eigentum verzichtet

Darauf hab ich ja gewartet: Nach Rauchen, Fleischfressen und Mit-dem-Auto-in-der-Stadt-Rumgurken wird einem jetzt generell das Eigentum madig gemacht. Galt der Besitz jahrtausendelang als feinste Zier des glücklichen Lebens, so muss man heute seinen Kram ökologisch wertvoll mit anderen Kackbratzen teilen. Wieso? Die machen doch nur alles kaputt, oder der Gestank geht nicht mehr aus den Sitzen. Eine der größten Errungenschaften der Zivilisation war doch mal die alleinige Verfügungsgewalt über Dinge und Raum. Wer noch aus der Generation stammt, in der man sein Zimmer mit Bruder oder Schwester teilen musste, weiß das noch zu schätzen. Ist die Untervermietung der Privatsphäre über Airbnb deshalb so viel chicer, weil sie nicht mehr »Messemutti« oder »Mitwohnzentrale« heißt und man sie über eine App buchen kann statt übers Schwarze Brett? Oder ist es nicht einfach nur eine Reaktion auf die horrenden Mietpreise in den Metropolen, die nur über den »möblierten Herrn«, wie man früher sagte, finanziert werden können? Vieles von dem, was sich als Abschied von der Konsumgesellschaft geriert, ist nichts anderes als deren Steigerung. Warum sich mit einem Auto bescheiden, wenn man über Carsharing den Zugriff auf eine ganze Flotte bekommt? Warum dem hinterwäldlerischen Taxilurch sein Monopol finanzieren, wenn man viel günstiger per Taxi-App den Rücksitz eines unterfinanzierten Pkw-Besitzers breitfurzen kann? Huiuiui, das kommt aus Amerika und ist allein deshalb schon der Hit. Mhhhhh, kann es aber vielleicht auch sein, dass uns die Polit-Arschmaden hier den schwindenden Wohlstand als total hippe Sharing-Scheiße verkaufen wollen? In unserer Wohnung hausen australische Rucksacktouristen, mit dem geleasten Pkw müssen wir gegelte Hedgefondsratten durch die City kutschieren, und selbst den Fraß teilen wir mit den Honks von der Tafel. Ja, leckt mich am Arsch, da kann ich ja gleich nach Griechenland ziehen. Aber das sag ich euch, ihr blöden Schweine, ich fall da nicht drauf rein. Das ganze Geteile und Geshare ist doch nur ein Blendwerk, mit dem ihr uns das nicht mehr aufzuhaltende Abkacken der Bundesrepublik verkaufen wollt. Nix da, mein Auto bleibt rein, soll niemand drin wohnen als ich und das kleine Jesulein. Amen und fickt euch!

DIE ROTE BURKA

Auch Männer werden mal verhüllt

Der Europäische Gerichtshof hat jüngst das Burka-Verbot in Frankreich bestätigt, und auch bei uns im Land der Pegiden wird wieder darüber nachgedacht, Mahomeds vermummten Weibern den Lappen vom Antlitz zu reißen. Nach abendländischer Auffassung zivilisierten Beieinanderseins gilt es als etwas unfein, entweder splitternackt oder auch total zugehängt durch die Gemeinde zu schreiten. Deshalb sei den Muselmanen empfohlen, auf diesen Heimatbrauch hierzulande in der Öffentlichkeit doch bitte zu verzichten. Und wie

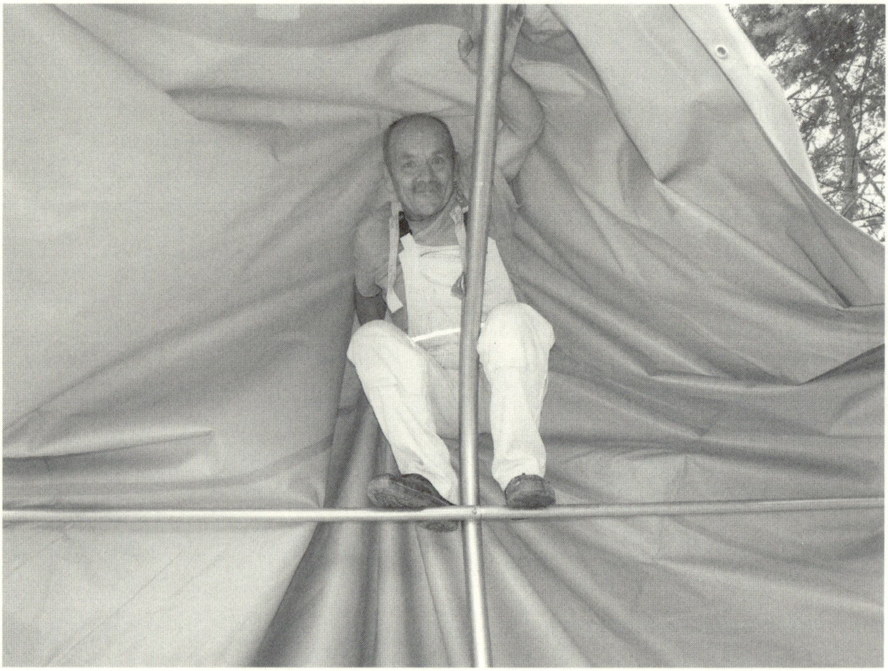

Mit diesem kühnen Sprung hatten die beiden Rottweiler nicht gerechnet.

ist's damit in den eigenen vier Wänden? Na ja, da sieht's zwar keiner, aber wie man mit dem Fummel vorm Gesicht zu Hause Deutsch sprechen soll, das weiß ich nicht. Es geht ja um richtiges, akzentfreies Deutsch, nicht so 'n vermufftes Gemurmel wie sagen wir mal Bayrisch oder Pegidisch. Nun, sei es, wie es ist. Viel mehr Sorgen als die wandelnde Umkleidekabine aus dem Morgenland macht mir eine Überregulierung, die droht, wenn Brüssel von dem Burka-Verbot Wind bekommt. Um es allgemein zu fassen, wird dann sicher nicht von der »Burka« die Rede sein. Auch und gerade um sich nicht in der islamischen Frauenverhüllungsterminologie zwischen Hidschab, Tschador oder Niqab zu verheddern. Nein, in Brüssel-Deutsch hieße der Stealthbomber wohl »Ganzkörperverhüllung mit Sehschlitz«. Und schon taucht ein Problem auf, denn nicht die verhüllte Muslima ist das am häufigsten ganzkörperverkleidete Wesen mit Augenscharte, sondern unser alter Freund, der Weihnachtsmann. Die rote Burka schlabbert um den Körper, und zwischen Wattebart und Zipfelmütze schauen nur zwei Schweinsäuglein hervor. Zudem ist seine Verhüllung auch noch im weitesten Sinne religiös motiviert. Das sage ich jetzt mal, selbst wenn mir dafür die vatikanische Glaubenskongregation mit dem nackten Arsch ins Gesicht springt. Ja, da brat mir doch einer 'ne Gans, haben wir uns etwa mit dem Antiburkanismus selber einen eingeschenkt, und schon im nächsten Jahr blicken glänzende Kinderaugen nicht mehr in das großväterlich verhängte Gesicht des Weihnachtsmanns, sondern in die unrasierte Visage eines Faktotums aus dem Jobcenter? Noch vor Monaten hätte ich gewettet, den Weihnachtsmann fällt bestimmt irgendwann dieser Gender-Kram, und eine Nikola Wurst mit schwarzem Rauschebart verteilt Pfeffernuss und Marzipan an die Rangen. Dass es nun so kommen wird, ist aber auch sehr schön, müssen nur noch die autonomen Tierschützer die ganzen Rentiere freilassen.

DAS FREMDE SO FERN

Wenn das Zuhause ungemütlich wird

»Warum in die Ferne schweifen, wenn das Fremde ist so nah?« Warum wohl? Deshalb natürlich: Man muss ja bis in die Ferne schweifen, denn das Vertraute wirkt so fremd. Rückt einem zu Hause schon der Muselmane auf die Pelle, kann man nicht mal mehr einkaufen gehen ohne Panflöten-Soundtrack und sonstiges kakophonisches Gejaule, dann ergreift der Normo-Germane die Flucht. Zumindest den Urlaub möchte er unter seinesgleichen verbringen: mit eigener nackter Wampe und anderen vergleichbaren Wohlstandskörpern an der Strandbar mittags ein zeitiges Pils einpfeifen. Da bietet sich zum Beispiel die Türkei an, oder auch Kenia. Vorteil Türkei: Die indigenen Servierkräfte hören Deutsch, sprechen muss ja nicht unbedingt sein. Vorteil Kenia: Da gibt's keine Kultur, jedenfalls keine, zu der man extra hinfahren muss, kaputte Häuser, alte Steine und so'n Scheiß. Größtes Problem der Fernreise: Immer mehr nichtdeutsche Stammesangehörige können sich den Aufenthalt im Urlaubsgehege auch leisten und beileibe nicht nur versoffene Engländer und krakeelende Italiener. Sogar Chinesen und Russen bevölkern einst reindeutsche Pauschalghettos an der türkischen Riviera – eine Frechheit. Es bleibt nur das Kreuzfahrtschiff als Rückzugsort, dort findet Multikulti lediglich in der Bilge statt. Asiatische Service-Morlocks schuften für die Herrenmenschen am Oberdeck. Ab und zu ankert die Wohlstandsfregatte an den Gestaden negroider Strände, und von oben schaut man auf die juvenile Überbevölkerung. Wenn's doch auch zu Hause nur so wär, dass das Fremde bliebe so fern. Mit einem Oberdeck-Bus nur für Weiße durch Kreuzberg schippern und huldvoll den Migranten in den Dönerbutzen zuwinken – so ließe es sich aushalten in der globalisierten Welt. Doch je näher der Anderskultivierte rückt, desto größer der Drang, unter seinesgleichen zu bleiben. Und damit kopiert der deutsche Ureinwohner nur das Verhalten vieler Migranten, die auch am liebsten in ihren ethnischen Klüngelbuden hocken. Das Fremde ist eben für alle Menschen nur in wohlproportionierten Dosen eine Verheißung. Da ist der Einwanderer natürlich der Angeschissenere, denn um ihn herum ist ja sehr viel Deutschland, und ihm gefällt das nur so mittel. Was Wunder, dass der indigene Deutsche nicht mit ihm tauschen möchte und um sich herum das am liebsten sieht, was er kennt und auch versteht. So absurd es auch klingt: Erst wenn Migranten haufenweise bei Pegida mitmarschieren, ist uns das Fremde wirklich nah und zugleich so fern.

WATTESTÄBCHEN

Mutter aller Marketingerfolge

Wir wissen es längst: Der moderne Mensch ist empfänglich für jeden Schwachsinn, wenn er nur vorgibt, der Gesundheit zu dienen. Millionen Irre »entschlacken« einmal pro Jahr die irdische Karkasse, ohne eine Antwort darauf geben zu können, worum es sich denn bei dieser ominösen »Schlacke« handle, von der der Körper befreit werden müsse. Sie fressen winzige

Kugeln so groß wie Rattenköddel und hoffen auf überirdische Gesundung. Die Allerblödesten streifen sich Kupferringe über Wurm und Finger oder fummeln sich vermeintliche Meridiane ab. Dagegen scheint das Gepule mit Wattestäbchen im Gehörgang ein geradezu lässlicher Irrglaube. Unsere Verwandten im Tierreich, die mit ähnlichen Lauschern ausgestattet sind wie wir, schieben sich allerdings keine Fusselstäbe in die Löffel: Und siehe da, sie hören auch, zumeist sogar besser als wir. Aber, aber, sprach Frau Saubermann; wenn ich ihn mir reinschieb, dann kommt er speckig wieder raus, mithin sind die Lauscher doch versifft. Und was siffig ist, das muss gesäubert werden, da gibt's kein Pardon. Dummerweise schiebt die Hygienefanatikerin das Ohrenschmalz noch tiefer ins Gehör und ramponiert ihr eigenes Trommelfell. Warum dann das alles? Im Ohr tief drinnen verläuft der Vagusnerv, kleiner Bruder der Klitoris, wenn man so will. Durch rhythmisches Rumgefuddel im Gehörgang wird der kleine Perversling stimuliert, und ohne dass der Schlüpfer benetzt würde, huscht ein Lächeln übers Gesicht der Pulenden. So ist denn das Geheimnis des Wattestabs gelüftet, und beim nächsten Mal, liebe Kinder, erzähl ich euch, warum Vati sich beim Entschlacken ein Klistier in den Anus rammt. Holladiewaschfrau, allerseits!

AUFRÄUMEN UND ENTRÜMPELN

Intro zur eigenen Endlichkeit

Beginnt ein neues Jahr, wird eine neue Wohnung bezogen oder der Zuständige für untenrum ausgetauscht, so ist das oft Anlass, den Plunder der Vergangenheit durchzuflöhen. Was kann weg, was muss weg, was hätte schon längst in die Tonne gehört. Zudem raten Daseinsberater aus TV und Illustrierter ständig dazu, sein Leben zu »entrümpeln«. Was wissen denn die von den Schätzen, die seit zwei Dekaden in Umzugskartons darauf warten, wiederentdeckt zu werden? Wie gesagt seit zwanzig Jahren, da kann es schon mal sein, dass ein Hauch von Entbehrlichkeit über der alten Pappe schwebt. Das erste Schulzeugnis weckt immerhin noch üble Erinnerungen, aber was ist mit Habermas' »Theorie der nonrektalen Kommunikation in acht Bänden«, davon könnte doch zumindest einer in den Alt-Theorie-Container wandern. Aber ein Buch ist Sondermüll, das darf man laut abendländischer Leitkultur gar nicht zum Altpapier werfen, allzu frisch ist noch die Erinnerung an die verbrannten Dichter bei den Nazis. Und möchten wir wirklich, dass Richard David Precht und Werner Tiki Küstenmacher dereinst als die »weggeschmissenen Dichter« geehrt werden, nur weil wir Jahre zuvor ihre Schwarten in die Papiertonne gefenstert haben? Nein, das wäre zu viel der Ehre. Und wie sieht's mit Tonträgern aus, dem zweiten großen Batzen an Zeugs, das zwar im Wege, aber immerhin nicht unter Bestandsschutz steht wie die bedruckten Vettern? CDs wegschmeißen ist generell o.k., bei Vinyl dürfen höchstens Schrottpressungen von Arcade und K-tel in die

Restmülltonne. Weiter geht's: Geschenke von Verwandten, Vasen und Beistelltischchen, Hosen und Hemden, die längst zu klein sind, all das noch weiter aufzubewahren, setzt den Glauben an alsbaldige Wiedergeburt voraus. Ist dieser Krempel samt Kerzenständern von Verflossenen nicht schon längst entsorgt, dann wird er's auch nicht mehr, denn wieder rinnt eine Zähre die Wange hinab, als der rostige Stearin-Dreimaster auftaucht, den Gaby in die Beziehung einbrachte. Der allergrößte Teil des vermeintlichen Gerümpels besteht allerdings aus Dingen, denen ihr Besitzer das Etikett »Könnte man noch mal brauchen« angeheftet hat. Dagegen anzukämpfen ist völlig aussichtslos. Am besten ist's eh, man scheißt auf diesen ganzen Entrümpelungswahn und mietet sich eine Lagerbox im Self-Storage-Center. Dort lernt man ein gleichgesinntes Messi-Lebewesen sexuell verwendbaren Geschlechts kennen, klebt an die alte Box einen Zettel mit der Aufschrift »Gaby« und kehrt nie wieder zu ihr zurück.

ZUKUNFT

Kaffeesatz als Vision

Ist eine Zukunft überhaupt vorstellbar, von der Richard David Precht und Sascha Lobo nicht schon vorher wussten, wie sie aussehen würde? Schlaumeierisches Geblubber durchseucht die Öffentlichkeit, seitdem Wahrsager und Kartenleger Trendforscher heißen. »Wo werden wir wohnen, wie werden wir arbeiten, kann man mit dem iPhone seinen Schließmuskel von zu Hause aus steuern, wenn der Arsch im Urlaub ist?« Keine Frage ist so abwegig, als dass eine Talkshow nicht sofort Caspar David Precht – oder wenn's ganz verstiegen sein soll – Immanuel Sloterdijk dazu Texte aufsagen ließe. Zieht man die Quersumme aus allen Blicken in den Kaffeesatz, ist in der Zukunft eigentlich nichts unmöglich: Alle sind total doof, total vernetzt, keiner muss mehr arbeiten, die Uckermark wird zur Sahelzone, an den eigenen Brustwarzen kann man so lange drehen, bis UKW kommt. Man mag es gar nicht abwarten, bis sich dieses Überraschungsei der Pandora endlich öffnet. Ist es dann so weit und die Zukunft von früher wird zur Gegenwart, sieht alles genauso scheiße aus wie immer, nur ein paar Dinge sind noch scheißiger: Den eigenen Arsch kann man zwar jetzt mit dem iPhone auf- und zumachen, allerdings nicht man selber, sondern ein amerikanisches Start-up-Unternehmen. Arbeiten muss auch keiner mehr, weil's mit über siebzig keiner mehr kann, und UKW ist längst abgeschaltet, da kann man den Nippel durch die Lasche ziehen, so weit man will. Kurz gesagt: Ist die Zukunft von früher endlich da, ist nichts so alt wie die Prognosen von gestern. Warum hören und sehen wir uns trotzdem das futuristische Gesülze von den Trendwillis an? Ja, warum? Warum spielen Leute wider besseres Wissen Lotto, warum glauben sie an ein Leben nach dem Tod oder dass die Daten in der Cloud sicher sind? Es ist das alte Lied: Der Mensch besteht zu 70 % aus Wasser, und Wasser ist nicht intelligent, sondern nass. Ein feuchter Lappen begreift ja auch nichts von dieser Welt, höchstens, dass sein Leben irgendwie im Eimer ist. Drum gieren wir so nach Spökenkiekerei und dem Blick in die nahe Zukunft, denn von der wissen wir immerhin noch nicht mit größter Sicherheit, dass die getippten Lottozahlen wieder mal die falschen waren.

STREIKEN ALS EVENT

»Wir sind die Guten!«

Piloten, Lokführer, Kita, Flughafen-Sicherheitsschleusen-im-Schritt-Rumfummler und jetzt auch noch die Post – gibt es irgendeine Berufsgruppe, die noch nicht den Ausstand probte? Die Bsirske- und Weselsky-Festspiele sind das Sommerevent des Jahres. Nicht zur Maloche antreten zu müssen ist an sich ja schön genug. Doch was täte man allein zu Haus im simulierten Krankheitsfall: Man läge auf dem Kanapee, schaufelte Salzgebäck in den Schlund und wichste sein Netflix-Konto voll. Da ist es doch viel schöner, sich mit Arbeitskollegen an frischer Luft zum Trillerpfeifenkonzert zu verabreden. Weil man sich ja nicht im Dienst befindet, schmeckt auch das Weizenbier am Vormittag recht lecker. Rauchen darf man auch beim Streik an frischer Luft, umsonst ist die Sache sowieso, Gehalt und Lohn laufen weiter, und wenn am Ende noch ein paar Prozente mehr auf dem Konto dabei rauskommen, dann war's 'ne richtig runde Sache. Schön blöd, wer sich dieses Event verkneift, weil es zuweilen auf dem Rücken unbeteiligter Dritter ausgetragen wird. Ist nicht jeder Urlaub nur deshalb schön, weil andere dafür leiden? Der Bilgen-Morlock im Kreuzfahrtschiff, die Bettenmaid im Pauschalvollzug, auch sie könnten sich ein angenehmeres Leben vorstellen, doch dann wär's für uns ja nicht so schön, also geht das nicht. Drum ist es nur auch mal gerecht, wenn Kita-Eltern ihren Urlaub dafür opfern, dass andere nicht arbeiten. Es dient doch allen, wenn die Streikenden danach mehr Geld bekommen. Oder nicht? Nein, eigentlich ist das allen anderen egal, trotzdem muss man, wenn eine Kamera sich auf einen richtet, total viel Verständnis heucheln, das gebietet die Solidarität unter den Geknechteten dieser Erde. Na ja, so schlimm ist es vielleicht dann doch nicht, im öffentlichen Dienst sein Arbeitsleben zu verbringen, aber es könnte halt noch schöner sein. Wer will es da jenen verdenken, die für dieses Ziel bereit sind, ein paar Wochen mit vollem Lohnausgleich nicht zur Arbeit zu erscheinen? Das würde doch jeder machen. Und wenn jetzt alle wieder barmen, was für eine zynische arbeitnehmerfeindliche Sau dieser Wischmeyer doch ist – ja, da haben sie dann wohl recht.

GEGRÖLE UND GEDRÖHNE

Freizeit in der Menschen-Mast

Der Bewohner verdichteter Siedlungsräume ist ein seltsames Wesen: Sobald die Sonne scheint, zieht ihn eine geheimnisvolle Kraft hinaus ins Freie, dorthin, wo es noch beschissener ist als in seiner stickigen Dreiraumzelle. Man könnte vermuten, ein ruhiges Sonnenbad unter blauem Himmel oder ein stillvergnügtes Picknick im Grünen zöge den Verdichtungs-Honk ans Licht. Doch weit gefehlt: In Jahrzehnten konditioniert auf Massenmenschhaltung, strebt er genau diese auch in seiner Freizeit an. Die Städte wissen das längst und verwandeln ihre bei Nieselregen durchaus anmutigen Parkanlagen in sonntägliche Aufmarschflächen für Vollidioten. Da drängeln sich die Zuschauer um Plastikentenrennen, Buspulling oder Kettensägenschnitzwettbewerbe. Hauptsache Gegröle und Gedröhne, Gestank und ekeliger überteuerter Fraß, für den man Schlange stehen muss. Hunde schlabbern den kreischenden Blagen das Softeis aus der Waffel, während ein Dezibel-Diktator zum Reiten auf einem Plastikbullen animiert. Die Pizza Tonno schmeckt wie Pappkarton mit Karp-

Wird es in dreihundert Jahren auch einen Deckenbalken geben, in dessen Inschrift der Einführung der Homoehe gedacht wird?

fenkacke, das Pils ist klein und warm. Könnte ein sonniger Tag jemals schöner sein? Nein, denn selbst wenn es dem Wesen aus dem Wohnregal gelänge, der Stadt in Richtung offener Landschaft zu entfliehen, so zöge es ihn auch dort zu irgendeinem Remmidemmi-Platz. Einmal an das Dasein in der Horde gewöhnt, kommt er mit sich allein und der Welt schlecht zurecht. Besonders die Aufregung über die anderen Tortenärsche um ihn herum stabilisiert sein inneres Gleichgewicht, es ist eben wie sonst auch in der U-Bahn, im Kaufhaus oder auf der Straße. Man kann auch ein Mastschwein nicht so einfach auswildern. Statt juchzend in den Wald zu galoppieren, ginge es freiwillig in seine Zelle zurück. Was lehrt uns das nun alles wieder? Auch Freiheit und Ruhe, Erholung und Beschaulichkeit wollen gelernt sein. Ein Trost für alle, die das schon zu schätzen wissen: Die meisten da drinnen in den Städten, die wollen das gar nicht: Denen reicht eine zugemüllte Rasenfläche, auf der man sich gegenseitig das Frisbee an die Fresse schmeißen kann, Dosenbier und Hundescheiße, Gegröle und Gedröhne von den anderen Freizeit-Spacken – das alles klingt für jene wie ein perfekter Sommertag. Wenn's denn so ist, dann soll's auf jeden Fall auch so bleiben!

RITUALE DER SELBSTINSZENIERUNG

Jedermann will was Besonderes sein und Frauen sowieso

»Sorry, für mich bitte keinen Alkohol, ich nehme meinen Dry January.« Dry Martini sagt mir was, aber was zum Schinder ist ein Dry January? Die Mode kommt aus Großbritannien, dort ist es üblich, von Weihnachten bis Neujahr solch ungeheure Mengen Alkohol in sich reinzuschütten, dass die bleichen Inselolme zu Dutzenden sturzbesoffen in der Gosse rumliegen. Da rettet der trockene Januar nicht nur die Geldbörse, sondern auch die Restgesundheit. Wenn deutsche Wichtigheimer den ersten Monat des Jahres alkoholfrei bestreiten, so ist das nur eine weitere Geschwätzigkeit im Reigen der steten Selbstinszenierung. Danach folgt das sechswöchige Fasten inklusive täglicher Darmspülung, und die geschundene Seele braucht im Sommer dringend ein Sabbatical, um nicht out zu burnen. Das ständige Gewese um sich selbst muss vor allem pausenlos nach draußen posaunt werden: »Ich bin jetzt übrigens Veganer«, »Du, schade, du, aber ich hab ’ne ganz seltene Whisky-Allergie.« Kein Schwein ist einfach ein normales, allesfressendes, nicht allergisches Stinktier. Jeder trägt irgendeine Empfindlichkeit wie eine Monstranz vor sich her. Der Hang zur sensiblen Selbstinszenierung nahm seinen Anfang mit dem ostentativen Rauchverzicht. Es genügte nicht, den Glimmstengel einfach aus dem Hals zu lassen, nein, es gab dazu einen Begleitessay des Geläuterten. »Du, es schmeckt mir jetzt alles viel besser. Ich rieche die Vogelscheiße draußen wieder total intensiv, blablabla.« Seitdem fast niemand mehr raucht, kann man sich das Schwadronat eines Bekehrten schenken. Heute heißt es, »Ich will, dass mein Körper mein Freund wird.« Und dann folgt der ganze Riemen an hipper Selbstkasteiung vom Dry January bis zu den glutenfreien Radikalen in linksdrehendem Joghurt. Wichtig ist es nur, stets auf dem Wellenkamm der Verzichtmode zu surfen, sonst ist man schnell von gestern. Total out ist es, noch damit zu protzen, man besitze kein Smartphone, da bahnt sich aber ein Verzichtgeprotze an in naher Zukunft. Kein Auto zu haben hat gerade seinen Höhepunkt erreicht, Vegetarier und Nichtraucher sind langweilig, mindestens Veganer und alkoholfrei sollte man sein. Trennkost, LowCarb, Paläo-Diät, da ändern sich die Moden so rasch, dass man sich besser eine individuelle Fressmarotte zulegt: »Ich esse kein Kernobst und abends nur acht pochierte Eier in Cointreau.« Warum auch immer, Hauptsache spleenig. Und wer keinen Bock hat, den ganzen January dry zu bleiben, der kann immer noch sagen: »Bis zum Valentinstag kein Alkohol vor 16 Uhr, damit die Liebe nicht leidet.« Das klingt romantisch, ausreichend bekloppt und ernährt doch seinen Mann.

MURMELTIERMONAT

Vier Wochen sinnfreie Besinnlichkeit

Das Bezaubernde an der Vorweihnachtszeit ist deren absolut verlässliche Scheißigkeit. So gibt es kaum ein Ereignis, bei dem es sich mehr lohnt, nicht daran teilzunehmen, wie einen Weihnachtsmarkt. Er ist sogar dermaßen wertneutral zum Kotzen, dass man hingehen darf, ohne sich rechtfertigen zu müssen. Auch recht entzückend ist, dass die Radiosender wieder »Driving home for Chrismas« spielen. Es dauert dann zwar ein paar Rotationsumläufe im Musikformat, bis sich ein erstes Scheißefinden der Schnulze eingependelt hat, aber immer noch lieber Chris Rea als das Betroffenheitsgegröle der Künstler für eine heile Welt. Wenigstens singen die nicht heimlich, sondern geben sich zu erkennen. Ihre Namen stehen seither eingemeißelt in der Stele der unbelehrbaren Doofköppe. Mit dem Advent kommt der Murmeltiermonat, alles ist wie immer und doch so ganz anders als im Rest des Jahres: Im Stehen fettige Pilze aus der Pappe fressen und dazu Rassismus-Alk namens »Lumumba« lenzen, das macht doch sonst niemand. Die Menschen sind offensichtlich nicht ganz bei Sinnen in der »besinnlichen Zeit«. Manchmal allerdings grätscht der Zeitgeist in den Weihnachtswahn hinein: Nach Stromengpass und drohender Kohlekraftwerksschließung ist die Illumination des Eigenheims mit Rentier-Glühbirnen etwas in Verdacht geraten. Auch im innerstädtischen Einzelhandel flutscht es nicht mehr wie gewohnt: Statt sich in eine willenlose Shopping-Amöbe zu verwandeln und sediert durch die Fußizonen zu mäandrieren, greift der Weihnachts-Deutsche zur Geschenk-Komplettlösung aus dem Zwischennetz. Lediglich Anzahl, Geschlecht und Alter der Genpool-Blase muss angegeben werden sowie der avisierte Höchsteinsatz, und schon schickt einem amalando den Krempel akkurat verpackt aufs Gehöft, noch besser gleich zu Omma und Schwieger-Rochen in die Ableberesidenz, auf dass die gar nicht erst an den Festtagen vorm Tannenbaum im Weg stehen. Ansonsten alles wie gehabt in der Murmeltierzeit vor dem Fest. Doch wie traurig wäre wohl der Januar, wenn ihm nicht die Erleichterung innewohnte, wieder mal Weihnachten halbwegs heil überstanden zu haben.

ADVENTSZEIT

Feierliches Verblasen der Strecke

Eines der ekligsten Rituale der Adventszeit ist überstanden, wenn uns Onkel Jauch den Jahresrückblick in die Fernsehstube gekotzt hat: die Welt als Freakshow dargeboten ... und schon wird einem warm ums Herz, wenn man an deren baldigen Untergang denkt. Wer's allerdings nicht geschafft hat, bis zum 1.12. die Seele abzustreifen, muss unter höchster Aufbietung der Turbomedizin den Januar erreichen, damit er im nächsten Jahr bei Opa Jauch auf die Todesliste kommt. Reicht allein dieses Possenspiel schon, um uns die Adventszeit zu vermiesen, so halten die 24 Tage vor der Niederkunft Mariens noch einiges mehr an widerwärtigem Schabernack bereit. Zum Beispiel die obligate Weihnachtsfeier mit den Lurchen aus der Firma. Der ätzende Chef wird für einen Abend zum »Sascha«, und beim Wichteln muss man sich über den aussortierten Dekomüll vom Perlhuhn aus der Buchhaltung freuen. Da die vorweihnachtliche Firmenorgie stets ohne Sex-Monopolisten stattfindet, ergibt sich mit etwas Glück dank unkontrollierter Alk-Zufuhr noch ein spontaner Sprung ins kollegiale Feuchtgebiet. Auch das will allerdings behutsam eingeleitet sein. Und dafür hat die Vorsehung den gemeinsamen Besuch auf dem Weihnachtsmarkt erschaffen. Hier kann man nach dem fünften Lumumba schon mal das Paddel bei Frollein Uschi unter den Pullover schieben.

Der Rest vom Advent gehört dann der kleinsten kriminellen Vereinigung, der Familie. Den selbstgebastelten Kalender der Brut hat man täglich brav geöffnet, da lauert schon die nächste Attacke aufs Wohlbefinden: Der Besuch des trüben Genpools an den Feiertagen will geplant sein. Tante Martha, Onkel Karl, die Diepholzer, ihre Mutter, seine Schwester – das ganze Gesocks mit der Simultan-DNA schneit dichtgedrängt an zwei Tagen ins Privatissimum. Um all diese Zeckenzüchter mit Geschenken zu versorgen, muss man jeden Sonnabend und jeden verkaufsoffenen Sonntag in einem Idioten-Freigehege namens Fußgängerzone verbringen. Betäubt von Glühweingestank und Musik aus dem Maßregelvollzug rafft man sinnlosen Krempel zusammen, nur um der heimischen Hölle zu entfliehen. Erst wenn das alles erledigt ist, kann man sich auf Heiligabend freuen und unterm Tannenbaum in Ruhe seine Steuerklärung ausfüllen.

ERSTER WEIHNACHTSTAG

Kollektiver Abschied von der Kindheit

Gesetzliche Feiertage haben zumindest in Deutschland die seltsame Eigenschaft, dem ihnen zugedachten Anlass in keiner Weise zu entsprechen. So wird am Tag der Arbeit weder gearbeitet noch ihr gehuldigt, wird an Pfingsten kein Geist über die Christenheit ausgegossen, und so ist der erste Weihnachtsfeiertag eher der zweite, und die Geburt des Herrn muss deftigeren Ausgeburten Platz machen. In säkularisierten Zusammenhängen hat auch längst der Weihnachtsmann dem kleinen Jesus-Wurm die Show gestohlen, aber auch dessen Job ist am Heiligabend längst abgefrühstückt. Da gab's die

Geschenke, gefressen wurde auch schon fett und wampefüllend, gebechert ohnehin, was also soll der eigentliche Feiertag noch Neues bieten. Im postchristlichen Abendland hat sich eingebürgert, an diesem Tag nicht unbedingt mehr der Säuglingswerdung des Erlösers in kaum geheiztem Gemäuer zu gedenken, sondern im Kreise der erweiterten Familie den Cholesterinspiegel aufzuheizen. Als ob einem das Gesocks vom Vorabend nicht schon die Laune grundlegend vermiest hätte, gesellt sich nun auch noch das verschwägerte Gesindel zum antiveganischen Hochamt hinzu. Spätestens in der Dämmerung ist bei normalen Zivilisationsteilnehmern der Kotzreiz so verhaltensrelevant angeschwollen, dass sie die familiäre Klause in ganz egal welche Richtung fliehen müssen. Und hier beginnt das eigentliche Weihnachtsfest der Neuzeit. Es ist ein Fest der ungezügelten Saturnalien in schäbigen Kneipen. Aus-den-Augen-Verlorene schließen sich für eine Nacht wieder in die Arme – und alle eint dasselbe Gefühl: Weihnachten ist so gut wie überstanden. Onkel Friedhelm und Tante Fettarsch sind zurück nach Wolfsburg gefahren, der zweite Feiertag kann zweckoptimiert zum Auspennen genutzt werden, und überhaupt war's eigentlich gar nicht so schlimm, wie's schon mal war. So machen immer mehr Menschen ihren Frieden mit Weihnachten und reiben sich auch nicht mehr an dessen Verlogenheit und obszöner Konsumgeilheit. Niemand will mehr das »eigentliche« Fest der Liebe, der Christenheit oder wessen auch immer unter dem ganzen Müll freischaufeln. Wir sind eben erwachsen geworden – was im Grunde auch der letzte Scheiß ist. Frohes Fest allerseits.

SILVESTER

Vorsätze und Nudelsalat brechen

Was man an diesem Tage hofft, wird nicht geschehen, was man sich vornimmt noch viel weniger, nur die Befürchtungen haben eine reelle Chance auf Verwirklichung. Die Zäsur im sich fortwälzenden Brei des Lebens nennt sich Silvester und ist der bescheuertste Tag des Jahres. Niemals sonst wird einem so deutlich vor Augen geführt, dass die Uhr unaufhaltsam abläuft. Damit diese Erkenntnis nicht allzu weit ins Großhirn vordringt, wird sie durch ekelhafte Alkoholika sediert: Bowle, Sekt und Weinbrandbohnen. Wer schlau ist, hat schon vor Mitternacht gekotzt und darf aufgrund seines sauren Atems dem Neujahres-Abbusseln wildfremder Menschen fernbleiben. Dem weniger Umsichtigen steigt der Höllenfraß des Abends erst im neuen Jahr die Speiseröhre hoch. Und so beginnt halb Deutschland auch im neuen Jahr wieder mit Nudelsalat im Rückwärtsgang. Da darf man sich allerdings dann auch nicht wundern, dass ein schon am ersten Tag flächendeckend zugekotztes Jahr wenig Lust hat, seiner Belegschaft Nettigkeiten darzubringen. So geht's dann auch genauso dämlich weiter wie bisher: Die Politik hält uns für blöd und wir sie zurück, die alten Probleme werden nicht erledigt, sondern bekommen sogar noch Kinder. Auch im Privaten fault das Dasein seiner Perspektivlosigkeit entgegen. Drum wenn man schon nicht die Ursachen bekämpfen kann, so doch wenigstens die Symptome. Lasst uns Silvester abschaffen, damit wir nicht mehr merken, dass eigentlich etwas Neues anfangen müsste, es aber niemals tut. Auch wenn man Scheiße portioniert, wird sie ja nicht bekömmlicher. Lasst uns den ganzen Riemen unserer irdischen Gastrolle einfach am Stück runterreißen ohne die Zäsur um Mitternacht an jedem 31. Dezember eines Jahres. Und wenn dabei nur herauskommt, dass weniger Nudelsalat in die Welt gebrochen wird. So ist das ein kleiner Schritt für jeden von uns, aber ein großer für die zivilisierte Menschheit.

TAG DES NUDELSALATS

Noch mal Silvester

Am 31. Dezember ist Silvester, immerhin nur vierundzwanzig Stunden lang, mehr Gutes gibt es nicht zu berichten. An diesem Tag verwandeln sich ansonsten handzahme Artgenossen in soziale Hyperventilierer. Statt, wie üblich, allein an der Spielkonsole rumzumasturbieren, laden sie zu gemeinsamen Brettspielen ein. Auch wird keine Tiefkühlpizza selbstvergessen ins Maul gestopft, nein, man hockt wiederum gemeinsam um einen Topf mit heißem Fett und hält winzige Fleischbrocken hinein. Als Sättigungsbeilage dient eine Pasta-Resteverwertung namens »Nudelsalat«, die in Italien nicht mal deutschen Kriegsgefangenen angeboten würde. Auch das Fernsehgerät serviert »Nudelsalat«, und pissige Gebührennörgler, die sich sonst über jede Tatort-Wiederholung echauffieren, freuen sich eine zweite Synapse in den Arsch bei der 51. Ausstrahlung von »Dinner for One«. Den härtesten Murmeltiertag-Junkies bietet die ARD die Chance, zusätzlich durch zeitversetzte Sendung in sieben dritten Programmen den

Scheiß mehrfach hintereinander anzuglotzen, als ob der Herr uns nicht einst den DVD-Player gesandt hätte. Da es sich um eine unsynchronisierte englische Produktion handelt, halten die TV-Grundversorger auch Übersetzungen bereit. Jedoch nicht in der Sprache Thomas Manns, sondern in den Barbaren-Idiomen Kölsch, Hessisch, Meenzerisch und Pseudoplattdeutsch. Um kurz nach acht verliest zwischendurch Miss Sophie aus Berlin ihre Neujahrsansprache. Wem das noch immer nicht den Nudelsalat die Luftröhre hochsteigen ließ, dem sei die SWR-Show um kurz vor zehn empfohlen: »Emmer will oiner ebbes von oim«, keine blasse Ahnung, um was es dabei geht, um das neue Buch von Stephen Hawking wahrscheinlich aber nicht. So viel brägenraubende TV-Bespaßung hat den Boden bereitet für die Restbetäubung mit den ekeligsten Alk-Derivaten der Neuzeit: Sekt mit ganzen Früchten oder heißer Lidl-Essig mit Doppelkorn verfeinert. Spätestens danach erinnert sich der Nudelsalat seiner oberirdischen Herkunft und strebt zurück zu ihr. Im Bauch ist jetzt wieder reichlich Raum für mitternächtliche Marmeladenkrapfen, und wenn die Turmuhr zwölfmal schlägt, dann passt auch noch 'ne Pulle Puffbrause obendrauf. Jetzt noch anstandshalber 'ne halbe Stunde im Gestank der Chinaböller draußen rumstehen, und dann hätten wir's wieder mal geschafft für dieses Jahr. Is mir schlecht!

NEUJAHRSANSPRACHE

Salbadern zur Kalenderwende

Der Papst und sein Stellvertreter auf Erden, Joachim Gauck, salbadern an Weihnachten rum, Mrs Indispensable, Merkel Mum, schickt ihre tröstenden Worte schon per Pressemitteilung vor Silvester hinaus in die Welt … und danach gibt's kein Halten mehr. Jeder Bürgermeister, Vereinsheini und Teckelclubvorsitzender beträufelt seine Stadt und den Erdenkreis mittlerweile mit einer Neujahrsansprache. Dabei ist Onanieren in der Öffentlichkeit doch verboten, auch und gerade mit dem Mund. Trotzdem überzieht eine Jahresschluss- und -anfangs-Logorrhö das ganze Land. Kein Ort nirgends, der nicht zugelabert ins neue Jahr starten darf. Dabei ist die Themenfindung recht eingeschränkt: Friede unseren Hütten, Krieg den Resten der Welt, unser Arsch an der Heizung, dafür dankbar, blabla, an die Hungernden und Flüchtlinge denken, jedenfalls wenigstens dran denken. Fertig ist die Neujahrsbotschaft. Die bildliche Umsetzung dieses gedanklichen Vakuums bereichert die Öde des Ereignisses noch um einen weiteren Aspekt: »Rübe auf Sakko glotzt in den Teleprompter.« Für das verwöhnte Auge, das gerade noch »Der Hobbit 3« gesehen hat, ein etwas ernüchternder Anblick. Seitdem der Führer seine Volksgenossen nicht mehr auf Mittelwelle anschreit, hat die Medienansprache eines Politikers deutlich an Durchschlagskraft eingebüßt. Unvergessen die versehentlich ausgestrahlte Vorjahresansprache von Helmut Kohl … und niemand hat's gemerkt. »Brüh im Lichte dieses Glückes, brühe, deutsches Vaterland«, um den Zustand der Republik mal in die Worte Sarah von

Fallerslebens zu fassen. Für eines allerdings sollten wir dankbar sein: Solange der selbstverliebte Hordenführer an seinem Neujahrsgeschwurbel feilt, kommt er nicht auf andere dumme Gedanken. Und somit hat auch und gerade das verlautbarte Nichts sein Gutes, hält es doch für ein paar Tage wenigstens zu Beginn des Jahres den ausgebrüteten Schwachsinn auf Distanz. Wehe uns, wenn die Doofen am nächsten Montag wieder aus der Starre erwachen.

Meine Neujahrsansprache zum Schluss braucht nur vier Worte: Reißt euch bloß zusammen.

INHALT

auf Tonträger AUSWAHL

DOPPEL-CD: Die bekloppte Republik
Live-Mitschnitt des Tourneeprogramms 2008

DOPPEL-CD: Die Bekloppten & Die Bescheuerten
Live-Mitschnitt des Tourneeprogramms 2005

CD: Willi Deutschmann Der fättäh Brokkänn
Ein Rentner läuft Amok

Hier gibt es noch mehr von Dietmar Wischmeyer:
Alle bisher erschienenen CDs und Bücher im gut sortierten Fachhandel oder unter
www.fsr.de
Aktuelle Hörfunkbeiträge zum Download unter
www.fsr-shop.de
Aktuelle Veranstaltungstermine unter
www.wischmeyer.de

facebook.com/dietmarwischmeyer